AF289118

Ludwig Weibel
Sagenhaftigkeit des Unerforschlichen
Des Fürstenlebens Melodie

Books on Demand

Bibliographische Information der Deutschen National-bibliothek
Die Deutsche Nationalbibliothek verzeichnet diese Publikation in der deutschen Nationalbibliographie, detaillierte bibliographische Daten sind im Internet über http://dnb.dnb.de abrufbar.

© 2016 Autor: Ludwig Weibel
Herstellung und Verlag:
BoD – Books on Demand, Norderstedt
ISBN 9783844813302

Ludwig Weibel

Sagenhaftigkeit des Unerforschlichen

Inhalt

Aufblühn in der Weltnatur

1.1

Wohin in Meines Schreitens Zug die Schritte sich auch immer wenden, Ich wende sie zu Mir ins abergrosse Amen des Befreitseins von der Weltenspur. Ein jeder Untergang im Zeitlichen ist in der Melodie des grossen Lebens glückerfülltes Auferstehn, Verlassenheit ist Finden und Bedrängnis ist der ewigen Gesetze wundertätige Manier.

Was Ich gestatte ist gerecht und weise ohne Wenn und Aber; was Ich löse ist Erlösung ins Unendliche, in welchem alle Dinge endlich sich vollenden.

Wesenhaft zu sein ist Meiner Gaben Gabe an die eigene Natur, Mich preisen Mein Gesang in jeder Herzensstimme, die sich Meine Gegenwart zum Sinnbild ew'gen Lauschens auserwählt.

Mein Sein ist Selbsterkennen in Genügsamkeit und Seelenaugenfrische, Meine Tugend die Gelassenheit in jedem noch so tief gefassten Weh, denn die Glückseligkeit ist tiefer noch in Meiner Innigkeit verborgen.

Zeigen will Ich den Gerechten Meiner Tage, wie die Dinge Meiner Grösse sich vollziehn, Gebärden äussern, die mit Vehemenz die Deutung auf Mein Wirken ziehn. So weis Ich Sinn zu Sinn und Sinn ins Sinnen der Bedächtigkeit und Ruh. Kein Jota eines Deuteins lässt sich Mir entringen, kein Irrsein an Mir selbst vermischen ins Verstehn, denn die Geburt der Klarheit ist in Mir gegeben, ebenso wie die der Wirksamkeit im Weistum flügelleichten Allempfindens.

Aus der Fülle aller Zeiten schöpfe Ich Mein Wehn, aus Gründen unermessner Schöne Meines Seins Verheissung. Glut und Glauben sind die Zeichen Meines kosmologischen Gebarens, sinngeladene Grandezza Meines Waltens Überlegenheit im Ruhn. So steht Vertrauen in Mich selbst im Vorgrund Meiner Aktionen, Gediegenheit in jeder Falte Meines Allbeseins.

Von Lust und Reichtum ein Idol verschenk Ich Mich an Mein Gestalten und bewahre es in Meiner Huld im Rinnsal der Gezeiten. Was die Dinge festigt, lass Ich los, was fliesst, erhalte Ich im Fliessen sonder Treu und mehre seines Wunderwirkens fürstliches Gehaben.

Ohne Absicht weile Ich derweil im Guten, ohne Hintergründe Bin Ich Mir der Grund. Im Reinen steht Mein Leuchten, in der Sagenhaftigkeit des Unerforschlichen Mein Tun.

Bedenkenlos bereitet sich Mein Sein die Gabe selbsterwählten Friedens in der Schweigsamkeit des ewigen Begreifens Meiner Fernen in der allernächsten Näh.

1.2

Das Gefälle Meines Rauschens will Ich nächtig wunderbar erhöhn zu Meinen Gunsten; eine Sage Mir beschreiben von Gesetzlichkeit und Weisheit, wie von heiterem Erleben wonnevollen Weilens.

Was die Weltnatur betrifft, so ist in ihr erwiesen, dass die Summe der Bewegtheit Meines Regens Einzigartigkeit in Glanz und Glorie offenbart. Wer kostet nicht das Werden einer Blüte rosenroten Mohns im Feld der Ähren, wer die Lieblichkeit der Lilie im Tabernakel, den sie duftend aus sich selbst erhebt.

In Wiesengärten leg Ich Mein Beschreiben, in den süssen Tand, den Ich im Pflanzenleben still um Mich verbreite, um gestillt zu sein vom Weh des Schöpferdrangs im Ewigen.

Ich schlag die Laute, wenn im Abenddämmerschein ein Herz in Milde sich verströmt und Liebe sich in Klang verwandelt sonder Schöne. Leis, leise leg Ich Meines Hauptes Zartheit an die Schulter der Beständigkeit im Tauschen.

Meine Würde im Verspielten macht Mich gross.

Denn Ziselieren ist die wahre Kunst im Unvergänglichen der Gottnatur. Von keiner Zeit bedrängt, erbaue Ich die Werte Meines Schaffens in vollendetem Gedulden und vergüte, was sie sind zur Anmut, unbeschreiblich, im Vermehren.

Nur, dass ein Kind sich aus der Dämmerung entfaltet, wie die blühende Wahrhaftigkeit in makellosem Streiten um sein Recht, zu sein, im Garten Meiner Reinheit. Nur seine Augensterne will Ich zählen in der Nacht des Unverstands und sie am Himmel Meines Raumerfüllens glänzen lassen in Gediegenheit und Poesie.

Nie Bin Ich seliger, als wenn Mein Leuchten in der Stille des Bedenkens ein gesegnetes Gemüt zu Meines Seins Erleben führt in Traulichkeit und lächelndem Ergeben.

1.3

Mir selber steh Ich gegenüber in zwei Welten, welche eine sind, zwei Melodien aus derselben Harmonie gezogen. Meines Bleibens Stätte trägt das Signum eines einzigen Befindens.

Worin Ich Mich bewahre, ist das Sein in seliger Allheit, ist das Wissen um Mich selbst im nie versiegenden Gewinnen neuer Einsicht in die Dinge Meiner Wahl. Es ist die Liebenswürdigkeit an sich, in die Ich Mich verströme in der Unschuld Meines Wesenseins im Zeitlichen.

Was Ich verspiele, ist nie ausgespielt, was Ich gewähre, ist für immer ans Gestade der Begünstigten verloren. Meine Freiheit des Verschenkens lässt Mich frei von jedem Unmut über den Missbrauch der guten Gaben. Meine Antwort liegt in der Gesetzlichkeit, die jeder Handlung innewohnt im Feld der handelssüchtigen Wesen.

Ich strafe nie. Sich selber straft, wer einer Torheit sich bemüssigt; jeder noch so flüchtige Gedanke findet in sich selbst sein Ziel. Was Mich betrifft, versende Ich ein Übermass an Güte an die Eigenheiten Meines Werdens. Ich bewahre sie in Meines Aberwesens Zug, indem Ich sie von innen her belehre. Weisheit Meiner selbst spriesst so ins überirdische Entfalten, wunderbare Kräfte wollen sich ins Sein entladen aus dem Kraften Meiner schaffenden Magie.

Ich walte - und es wallt in jeder Ferne Meiner Allpräsenz. Ich stosse wie der Habicht zu, hernieder aus den Lüften, unfehlbar und Bin doch Meines eignen Miterlebens Wunde noch in jeglichem Geschehn.

Mir tritt die Heimlichkeit und Offenheit zugleich zutage. Mein Hiersein ist im Augenblick besiegelt, der sich immerzu erneut ins Nie-Vergluten.

Ohne Absicht sichte Ich das Wogen der Gezeiten und verliere Mich darin, doch ohne je Mich selber zu verlieren. So finde Ich Mich in der eignen Trautheit schön und lass Ereignis um Ereignis Meiner Eigenheit bewusst an Mir vorüberziehn.

1.4

Die Gerechten tauche Ich in Lichtglanz des Ver-klärens und erweise ihnen Seinsbeseligung im Ruhn. Ruhn der Emsigkeit im Werken, friedefertiges Beruhn in Meiner Grazie, dem Fallentritt ins Weltliche entronnen, mitten in der Welt.

Ihr Schweigen ist in Meiner Schweigsamkeit erfunden; ihr süsses Rätseln um das Ich entspringt Mir selbst in ihnen und eröffnet sich an ihrem Horizonte, wie die Morgenröte eines neu erwachten Lebens.

Wahren Seins Beginnen nenn Ich dies im Zug des All-Erfüllens, das Ich Mir in ihrem wallenden Bewusstsein schwebeleicht gewähre, freudetrun-kenes Versinken in das majestätische Gebaren, das,

Meiner Huld gemäss, sich ins Gewissen prägt der Unvergleichlichen im Werden.

Gelegenheit ist allen offen, ihrem Herzensstand gemäss sich Mir zu nahn, vertrauensvoll die Kräfte sammelnd Meiner unterweisenden Magie. Ist Sehnsucht nach Wahrhaftigkeit des Absoluten ihr Motiv, so weise Ich ihr Sinnen ins Gewissen Meiner Innigkeit in jeder noch so unscheinbaren Blüte des Erscheinens, denn nur Ich Bin in den Dingen wirklich wahr.

Was soll das Zaudern, was das Bangen, wo Ich Meine Stätte finde in der Weltnatur. Strahlendes Gelingen offenbart sich, wo die Hintergründe Meiner Wucht sich brechen ins Geschehn. Zum Spiel wird des Gedeihens Süsse Zug um Zug im Klaren; das Ziehn in Meine Abgeschiedenheit zum einzigen Ereignis von erstrebenswerter Dichte im Gewühl der Kräfte, die sich tatenfroh um Meine Mitte scharen.

Ich vereine, was sich finden will in Meinem Finden, Ich begnadige, was, Meinen Hauch verspürend, wahrhaft zu Mir strebt und überwalle Mich mit Lichtheit sondergleichen, wo sich Tugend mit Erbarmen paart und abergründiges Lächeln wie von selbst sich in die Heiterkeit des Ewigen verspinnt, im Weiselosen.

1.5

Überschussan Lust im Leben hält Mich auf der Bahn der fliehenden Äonen. Seinsgewappnet reich Ich Mir in den Geschöpfen selbst die Hand und wandle, was Ich Mir in ihnen Bin zur reinen Blüte reinen Selbstvergessens. Nur im Mich-Vergeben öffnet sich der Freude Tor und lässt die Tränen der Gelöstheit fahren.

Was von Liebe ist ein Herzensstrom Vereint sich Mir in strahlendem Genügen und erfährt in unausprechlich leisem Beben Meines Seins Gewissheit mitten in der Zeitennot.

Ich habe nur zu sein, und jede Wunde schliesst sich Meines Unvermögens. In des Bewegens Ursprung ist Bewegen nicht Mein Ziel, denn Meine Ziele sind im Seligen verflogen.

Nichts als Süsse des Erkennens Meiner selbst ereignet sich im Flutlicht Meines Weilens. Nichts als Schönheit, Wahrheit und Entzücken haben sich mit Mir verschworen und bereiten Mir das Fest der Seinsgelassenheit in vollen Zügen.

Rückwärts wend Ich nicht Mein Schauen; weder Sorge noch Erfolg versuche Ich im Künftigen zu sehn, weil Meines Seins Gewissen sich den Augenblick zum stillenden Gefährten auserwählt.

Aus ihm fliesst in dezenter Leichtigkeit die Allschau Meines wunderbaren Weltbegreifens, in seinem seelenvollen Rauschen liegt das Mass der Dinge Meines Waltens in der Ruh.

Kein Lauf, kein Stillestehn, Befehlen und Gehorchen ist als Attribut in Mir zu finden. Sein ergibt sich aus sich selbst in unerreichter Schlichtheit, im Geheimnis der Vernunft verborgen hinter allen Hintergründen und im nie versiegenden Befrieden, das es sich gewährt im ewigen Beschauen.

1.6

Ich schenke allen alles aus der Fülle Meiner Seinsnatur und lasse von Mir selber Mich beschenken, denn in Wahrheit Bin Ich in den Wesen Seinspräsenz in Wachheit, Würde und Bewahren.

So schwingt Einheit durch die Raumgestalt, die Ich Mir webe, so erklären sich die Dinge in vollendeter Manier, weil alles sich in Mir verbindet zur Gelöstheit in den Sphären.

Jeder Seele öffnet sich das Kosmologische, als würde sie im All des Seins verfliessen, wenn sie sich ihres Selbstgefühls entbindet und erkennt, was Ich Mir wesenhaft in ihr bedeute. Das ist die einzig wahre Freiheit, die sich erringen lässt im Aufschwung aus Gebundenheit und Weh. Es ist die Gnade, die sich an sich selbst verschwendet, der Ruhm des Deutens, der Bedeutendes erfährt im Sich-Erklären.

Weihe, Wohlgehalt, titan'sche Wirksamkeit und Sanftmut der Äonen gleiten leichten Schwebens aus der Mitte Meines Förderns im gekonnten Fingerspiel. Gediegenheit im Ewigen gereicht der Ewigkeit zur Zierde im Bewusstsein ihrer Wahl, denn Unbewusstheit ist Mein Fall ins Myriadenreich der Illusionen.

Schöpfend aus der Kraft der Seinsidee entlasse Ich das zu Verfügende gedankenscharf ins Dasein, wo es sich verwirklicht im Geschehn. Geschehn ist Illusion der feinsten Art, denn wer will dieses nicht als Wirklichstes der Wirklichkeiten sehn.

Ich Bin und schaue allem in Mir zu durch Meine Wesensaugen, durch die wogenden Gefühle, durch den Willen, Mich ins Abertausendste gewaltig zu vertun.

Derweil Bin Ich Mir selbst Verklärtheit und Bedeutsamkeit im Absoluten, Bin Macht und Milde selber Mir zu Füssen, feiernd das Unendliche im lauteren Geriesel Meiner Heiterkeit, im Ruhn auf Herbstesgarben, im Verehren des Gestilltseins harmoniendicht im Schweigen.

Licht im Lichte Bin Ich, wissend, weise, wunderbar. Gedanken hegend, sorgsam wie man Kindlein hegt und sie geruhsam modulierend, weile Ich im Guten und bereite Mir das Mahl der Köstlichkeit im köstlichen Verspielen.

Fabulieren ist das Zeugnis Meiner Selbst im Weiselosen, Wölkchenbilden Meine Pracht im Äther der Verschwiegenheit, im Sonnenglänzen, in der Liturgie des reinen Seins, von dem Ich Mir die

Zauberformel eingemittet habe.

Dass Ich Bin belegt Mein Sein im Wohlklang geisterhafter Stille, im Rauschen Meiner Schwingen in der Näh und im Gesetz der Heiterkeit im allbewussten Wohnen.

Freien Schwebens wend Ich Mich Mir zu im flammenden Gedanken, jedem Gunsterweis und jedem in der Schwebe seienden, sich selbst bewussten, seligen Gefühl.

Ich Bin und habe dazu nichts zu sagen, denn Meiner Dinge Bin Ich froh. Nichts besitzend brauch Ich nichts zu hüten, nichts in Meinen Gründen zu begreifen, brauch Ich weder Wissen, Weisheit, noch die Würde von Doktoren. Das ist schön wie nichts und wahr. Jedwelchem Trubel Bin Ich, lang bevor er anhebt, schon entzogen. Ich kenne weder Weh noch Werten und bekenne, dass Mein Innesein sich von sich selbst ernährt im ewigen Lauschen.

Nichts trag Ich selber Mir je nach. In Meiner Stimmung lässt sich lange leben, und Gefährten find Ich im Kreieren sonder Zahl. Das macht, dass Meine Wege sich in Grazie vollenden; das währt solang Ich will und wendet sich Mir zu, untrüglich in der Wiederkunft des Existierens.

Glorie ist nur der Abglanz Meiner Gnaden. Das Gelispel vieler Stimmen ist Mein Raunen im Gedankenspiel, womit Ich Mir die Dinge ins Gewissen trage.

Lust und Unlust muss Ich nicht besingen, wie Poeten oder Gründer neuer Orden in der Seelenqual, und keine Fahnen lass Ich winken.

Nur ist so etwas wie ein wonnigliches Jubeln in Mir gross, ein Staunen über Mein holdseliges Befinden in Gelöstheit wie nach schwierigem Gebären. Jede Wendung Meiner selbst bedeutet Freistoss ins gesetzte Raumen, jede Lichtung Licht in überirdischer Manier, von der die Himmelslichter zeugen. Grosser Atem, grosse Herzlichkeit im abergross gestalteten Gewahren Meiner Wesensnäh im Reinen.

1.7

Vielbewundert, vielgemieden Bin Ich, unbegreifbar, Meines Seins Idol. Keiner Augen Zwang setzt Mich in Grenzen, keiner Stimme Hall ins Ungemach der Wirklichkeit im Träumen. Was Ich Mir nenne ist benannt für Ewigkeiten, was Meine Spur betrifft, ist Mein Mich-selbst-Erfinden in der gläsernen Struktur, mit der Ich alles überbiete.

Erwachet nur, Ich habe nie geschlafen, verzettelt euch, Ich Bin Mir eins und sammle selbstverständlich euer Tun. In Mich gefasst ist jede Geste des Bewegens, windfein oder klotzig im Gedankensaal. Vortrefflich weiss Ich Mein Gewichten zu dosieren. Mich selber nehm Ich an in jedem Nehmen, aus Gewinnsucht oder Herzlichkeit; Mein überbordendes Gewissen traut sich Meisterdinge zu, von denen niemand ahnt, dass sie dem Sein erschlossen ihren Duft verwehn.

Nur, dass Bedächtigkeit Mich ins Belächeln Meiner selbst entlässt im wirrsten Streben, denn über allem steht die Wesensruh.

Ich taufe wen Ich meine mit Behutsamkeit aus Meinem Hüten und erlabe Mich an jeder Labsal, die sich ins Gewissen des Bedürftigen ergiesst.

Wie viel, wie wenig Bin Ich doch begriffen von der Umwelt, die Ich Mir erschuf im Spiel der Varianten. Wie heiter Bin Ich im Mich-selber-Tragen im Lichtgewölbe Meiner Glut von ständigem Vermehren.

Erhabensein ist Stärke, Verwunderung das Mass, mit dem Ich Meiner Ziele Sinn begabe. Zuinnerst Lauschen sollen wir. Mäandern folg Ich gern in ihrem Wühlen; Flüsse fass Ich ins Vertrauen, dass sie Mir das Meer erfinden ohne Wahl.

15

Gestillt Mein Ruf, Mein Sang dahingelegt ins Schweigen der Gerechten, die die Nacht nicht scheun, weil sie in ihrem Sein die Morgenröte tragen.

1.8

Derweil unendliche Kräfte Mich beseelen, Bin Ich des Kraftens Hort im Wechselspiel der Zeiten, Bin unbändiges Trotzen im Gewog der Elemente und Glückseligkeit im Glänzen ihrer Ruh.
Was Adel ist durchperlt die Handschrift Meines MichBehütens, was sich gestaltet zur Gerechtigkeit, ist Meines Wahrspruchs Wehn. In lautre Liebe lass Ich Mich verströmen.
Gewordene des Lichts erzählen im Gewand der Schönheit die Geschichte Meiner Majestät und lassen sich von Meiner Gunst wie Lüfte durch den Himmel tragen.
Letzte Wahrheit Bin Ich in der letzten Grille Meines Mich-Vertuns, Bollwerk Meiner selbst, wo sich Giganten neuen Seins Gebiet ertrotzen.
Wesensgleichheit ist Mein Equilibrium im Spiel des Wagmuts, dem Ich treulich Mich verschreibe. Nichts zerbrechen ist Mein Ziel.
Wo Sanftmut sich, geläuterten Befindens, samtne Weichheit angedeiht, erklär Ich Meinen innersten Bezug zum Sein der Sphären; wo Lieblichkeit und Anmut sich begegnen, trachtet Meine Sehnsucht sich in Schönheit zu vollenden, denn nur vollendet Bin Ich wahrhaft schön.
Ich leiste Mir, was niemand sich zu leisten noch getraute, Ich werfe Wogen auf titanenhafter Energie, die sich im Rinnsal der Äonen zur gewollten Wirklichkeit gestalten.
Die Felder liegen brach bis Ich, sie überschreitend, Meine Saaten leg des blüh'nden Auferstehns im Guten. In Windeseile überstreich Ich die Gerechten

Meiner Zunft und lasse sie Mein Bild der strahlenden Begeisterung beschreiben.

Sonne bin Ich im Allraumen Meines Sinnversprühns, Siegerin im grandiosen Prachtentfalten Meines Seins im Unvergleichlichen.

1.9

Mehr und mehr seh Ich des Friedens reine Andacht in Mir glänzen. Den Sinn der Lauterkeit trag Ich in Meines Herzens Wohl und lasse Mich vom Sein ins Unergründliche entführen.

Tage sind nicht mehr, noch Nächte hier in diesem Fluten. Bewegtheit reinen Kraftens in der Kunst des Allbewussten findet sich in Mir voll Seligkeit im Sehn.

Triumph des Ewigen, dem Zellensein entronnen, Trunkenheit der Sphären in der Heimkunft über-irdischem Gefühl. Ein Licht, vor dem die andern männiglich verblassen.

Ich trete vor Mir selber auf als der Bekannte Meiner Ich-Natur, der Allbestimmende im majestätischen Gepränge.

Näher allen Tuns im Tatenlosen, Seinsvollbringer, der gedankenschnell noch jede Strecke unterläuft im Lauf des Zeitlichen.

Mir sind die Wirbel recht im Schauen, Mir zeigt sich, was Ich zeige ohne Abstrich, ohne Glanz des Illusorischen im Medium der Wahrheit, das Ich Bin im Blauen. Randvoll Meine Speicher jeder Prove-nienz, die Ich Mir deute in der Abergründigkeit des deutenden Befehls. Behutsamkeit bereichert Meinen Wurf ins wachsende Bedeuten Meiner selbst im Schicksalslosen.

Jede Rede muss verstummen vor der einen, die Ich Mir gestatte im Gesang des reizenden Verspielens, jede Frucht verdorren vor der Hitze Meines Schöpferstrahls.

Satt von Weisheit ist Mein Fügen, liebelicht-durchzogen Meiner Fuge Wohlklang in der Wärme reiner Harmonie. Mein Schwingen ist die grosse Schwinge über allem, was Ich Mir bedeute, Mein Bezug der Zug zum Allerbarmen, der die Dinge Meines Seins getreulich mit sich selbst vermählt im überirdischen Vermählen.

1.10

Meine Liebe gilt dem Es, das Ich im Zelt der Ewigkeit Mir Bin in Hangen und in Bangen, wie im zähen Fluten des Lebendigen zu Zenit und Schwinden im urewigen Jugendstil.

Was sich Mir erschliesst ist in der Hoheit höchster Pläne schon erschlossen, was in Mir wirksam ist entwindet sich dem Absoluten, dessen Fülle Ich in Wesenseinheit staunend, dankend, lachend, weinend, siegreich, stumm und überschwänglich in Mir trage.

Hort der Freude Bin Ich, wenn Ich Mich erkenne in den Gründen Meiner Ruh, Habenichts, wenn alle Stricke reissen zum allewigen Bezug. Wie fasslich und gerecht ist Meine Lage, wenn die Wiederkunft im Zeitlichen Mein Denken stählt und Meines Handelns Inbrunst ist vom Aufgang bis zum farbenprächtigen Vergluten.

Rein ist alles, was Ich Mir gewähr inmitten des Gezänks der sterblichen Natur. Verehrung zoll Ich Mir im Laster, Lauterkeit im Leiden und Behutsamkeit im Hüten der Errungenschaften Meines Schreitens.

Wo Ich immer wandle, Meine Füsse sind vom Staub befreit der Ironie des Lebens, wo Mein Singen sich verbreitet, blüht und duftet das Revier und alle Augenblicke strahlen.

Meiner Gunst Beweis gilt dem getreuen Waten durch das Meer von Schwierigkeiten im gerechten Tun,

Mein Hauch dem Strebenden nach der Wahrhaftigkeit im Ringen.

Tugend zieht Mich an und Lustbarkeiten überird'scher Schöne schmiegen sich ins Herz der Wissenden in Seinsmanier.

So trägt jede Geste des Begreifens Frucht im Sinnenlosen, so geschieht das Hintergründige voll Verve in Anstoss und Erleben.

Sichtung Meiner selbst löst alles in die Minne reizenden Verspielens im gekonnten Spiel des Götterwahns. Leistung löst sich ins Beruhn und Bleibendes erklärt sich aus der Wunderwirkkraft Meines Seins im friedefertigen Verweilen.

1.11

Belanglos wird, was ehdem schien von höchstem Nutzen, im Leben jedes Pilgrims ist ein grosses Flügelstutzen, bis ihm echte, wunderweite wachsen an.

Da zählt nur Redlichkeit und tapferes Bewahren jeder Einsicht, die uns führt im Wirkgewande. Da raschelt es im Moder und die Schlange fährt uns an, der wir das Aug zu bannen haben im gebannten Gegenüberstehn. Unheimlichem ist im «Ich Bin>' zu trotzen in der gnadenvollen Ruh. Zum Fest der Weisheit hab Ich Mich geladen in der Glorie bewussten Seins, im menschengotteswürdigen Erheben.

Wie schaff Ich Trefflichkeit, wenn nicht im überirdischen Erkennen Meiner Situation; wie will Ich wirken, wenn Ich nicht im Weiselosen Wirksamkeit entfalten kann, titanischen Gebarens.

Das Wesen Bin Ich makelloser Schlichtheit in der Würde der Zurückgezogenen, die Traube, die ihr Saften scheu verbirgt vor dem Vorübergang des diebischen Beschnupperns; kein Wollen sieht Mich, selbstischen Betrugs.

Fein ist die Minne, die Ich um die eigne Schönheit lege, vermessen, was Ich unbewusst im Randalieren Meiner Bodenständigkeiten tu'.

Wie auf Feenhänden schwebend sing Ich Mir Mein Lied in purer Leichtigkeit des Kolorierens. Traum-wandlerisch gediegen schaff Ich das Gemälde des vollkommenen Gedeihns im Zauberhaften.

Weichheit wähl Ich an der Wange der entzückten Grazie, die Ich zum Sinnbild des Bewunderns Mir erheb. In Meinem Herzblut hab Ich Mir die Eigenart des wonngeladenen Verströmens grossgezogen.

Aus Ruh und tiefgefühltem Trauen schlag Ich vor Mir selber des Begeisterns Rad.

1.12

Morgenfeier, wenn die Schwäne majestätisch übers Wasser ziehn. Der Schleier hebt sich ins Erkennen der gesegneten Mixtur aus Sein und Scheinen, die Gefühle wallen in die unversehrte Ruh des absoluten Friedens in den Höhn.

Hier wend Ich Mich Mir zu in Seligkeit und Schweigen, in Gestilltheit und entrücktem Weilen. Wie Balsam kostet nun die Seele, was ihr frommt von Anbeginn und lächelt ob der Wunderkraft der Gaben, die die Stille ihr beschert.

Taufrisch sind ihre Züge, Trautheit der Bezug zum Unerforschlichen, dem sie sich hingibt, bräutlichen Gebarens. Heil in Heimlichkeit und Tugend ist ihr Seinsbefinden, dem sie herrlich sich befiehlt im Freudenreigen; lieblich ihres Herrn Erhören zarten Bittens im erlebten Auferstehn zur Einheit im Vereinen.

Fabelhaft im Reichtum ruhigen Gewahrens findet sie ihr Ziel und schöpft Gelassenheit aus Quellen des Verstehns. Ans Abergründige verloren offenbart sich ihr die wahre Schicksalshaftigkeit des Welten-seins, bewegend und erhebend, stürmend und gefasst ins Heitere des ebenbildlichen Behütens, denn die Dinge ihres Inneseins sind grandios.

In jeder Seele tracht Ich nach Bewusstsein im Erstufen höherer Grade. Ich bette sie ins Kleid der Himmelsanmut, wenn sie ihres Wesens Niederkunft erfährt im Ewigen. Holdseligkeit ist, was sie sich beschert, indem Ich Mich in ihrem Seien Mir beschere.

Unberührt berühr Ich so des Wesenseins Erfinden, walle ohne Wende und enthalte Mich, wo immer Ich Mich in des Waltens Wirksamkeit verglüh.

Ungeschichtlich Bin Ich, Sternenraum gebärend, Weiten noch und noch in überirdischer Präsenz im ewig Guten.

1.13

Ich führe, wenn das Wesen sich dem Wehn ergibt, das Ich verbreite; Ich weite aus des Samens zartes Urgebild ins Unerfassliche des schwebenden Gedankens. Meine Zeit kommt, wo das Sehnen nach Wahrhaftigkeit ein jedes andre überwiegt.

Wer will in Meinem Willen nicht die Dinge seiner Wahl zum Guten wenden; wer trachtet nicht nach Frieden, wo Ich seines Herzens Friede bin in Lauterkeit und Güte.

Was Ich auch berühre, trägt das Siegel der Vernunft im Wirkgewande; wem Ich Meiner Züge Gattung ins Gewissen sä', erkennt die Wahrheit des Geschwistertums der Dinge Meines Strahls. Aus Höhen unerschöpflicher Potenz lass Ich die Kräfte des Entfaltens in die Räume Meines Schauens fahren; aus Unerfindlichkeit erfindet sich das Gegenständliche nach Meines Willens Drängen.

Nie weis Ich Mich von Mir. Des Allumfangens Flügel streift noch jede Lage und beschert ihr das Behüten, das sich Meine Güte selbst beschert. Ich schau und wirke nach Gesetzlichkeit, die sich von selbst ergibt im Auseinander-streben. Das Gespannte zieht sich an. Die Kräfte allen Seins ersehnen sich Bewusstsein in der Einheit Meines Überragens, frei von Stofflichkeit und Zagen.

Meiner Ichheit gibt es keine andere zu erschliessen; Meines Hauchs Beleben lebt in jeder Weise Meiner Wahl. Nur, dass Ich Mein Geschaffnes ins Bewusstsein trage seiner selbst in aberweiten Runden des Erscheinens und Vergehns im zeitlichen Gepränge; nur dass die Pole sich besinnen auf die Heimkehr zur gestaltenlosen Melodie des Sinnens in sich selbst im Seligen.

Ich harre. Meine Zeit ist keine in der Weisheit überbordendem Verschwingen; heil ist, was Ich im Vollenden seh.

Jeden Trugschluss führ Ich ins Entbinden, jede Phase des Verirrens in die Wucht der einen langgestreckten Bahn, auf der sich das Lebendige erfüllt in Mir.

Geheimnis um Geheimnis öffnet sich im Offenbaren Meiner Klare, im Verströmen Meiner Lichtgestalt ins abergründige Gedeihen.

1.14

Mass der Dinge, Mass des Werdens in der Ungeduld der Zeit ist Meines Strömens Elegie. Alles bricht sich an der Unerforschlichkeit des Ewigen, alles Streben strebt Mir zu in Winkelzügen oder im bewussten Anerkennen Meiner Kür.

In Meinem Sinnen gibt es kein Versagen, in Meiner Sorglichkeit kein Weh, denn das Vollenden atmet Seligkeit in jeder Faser des Erlebens.

Zweifel überbiete Ich mit klarer Bilderhaftigkeit im Schauen, Losgelöstheit festigt sich im Wunderbaren Meiner Harmonie; im Liebelicht der Einheit lässt sich trefflich wohnen.

Aus Mir gehn Grazie und Ebenmass hervor in jeder Phase des Gestaltens; in Meinen Räumen waltet

Götterruh, die sich die Göttlichen erringen. Weiden-
schlank ist Mein Gebaren, wunderwirkend Meines
Wirkens Ziel im Zauberhaften.

Schaut und legt die Gründe dar des Weltbestehns: Es
sind die Meinen. Verstehen kann nur aus Verstand
erspriessen, Erkennen aus Bewusstsein in der Seinsmanier. «Ich Bin» erklärt sich aus sich selbst in
jedem Gran der Regsamkeit, die Ich um Mein
Gewissen lege. "Ich werde sein", darf jedes
sehnende Gemüt in Andacht und Ergeben zu sich
selber sagen. Weihe ans Erhabene Bin Ich, Behüten
und Verklären. Meine Wirklichkeit ist jeder Reinheit
Lohn im trauenden Befinden, Mein Innewohnen
unbeugsame Kraft im Hang, noch bis zur letzten
Stufe Meiner Herrlichkeit zu schreiten.

Wege weis Ich und das Ziel. Beseligung im Jetzt der
Zeiten lässt sich nur in Mir Erlangen, Allgewähr
allein in Meinen Gründen, wo die wahre Heimkunft
das Erfinden ins Beschauen legt.

1.15

Das Unaussprechliche teilt sich mit im Aufblühn des
Lebendigen, in jedem Hochgesang, der sich aus
eines Wesens Brust erhebt. Des Lachens, Weinens
Ausdruck ist Es im beständigen Offenbaren.

Wer sich dieser Einsicht in der Unvernunft entzieht,
fällt ins Mechanistische und verfällt unweigerlich
dem Trug. Ich lasse nicht mit Meiner Wahrheit
spielen. Blauäugig sind die Kinder Luzifers und
ohne wahren Willen wenn er sie verführt zu
Hirngespinsten des Behauptens. Locker sitzt Mein
Schwert, ihr Abergläubisches zu trennen von den
Werten makelloser Klare, die in Meinen Diensten
stehn. Der Tod ist Mir kein Übel, weil er von der
Maja millionenschwerer Sachlichkeit befreit.

Ich zeichne Wachheit und Wahrhaftigkeit in dein
bewusstes Sehn, durchströme deines Fühlens Innig-

keit mit Wärme und umfange das Verirrte wie der Hirte seiner Herde reichbeflockte Zahl. Es gilt, Mich selber auf die grüne Au der Traulichkeit des Seins zu führen.

Jede Seele sehnt sich nach dem endlichen Daheim im Weilen; jeder Ruf der Nachtigall ist ein geheimnisvolles NachMir-Flöten im verborgnen Wesen der Natur, die Ich Mir unentwegt begründe. Wie der Windhauch Bin Ich Mir ein unablässig Weitergehn, wie der Harfe Klingen eine liebliche Gebärde der Verliebtheit ins entzückte Ohr.

Ich finde Mich im Raum der Myriaden Sterne wieder, still erweisend Mir des Lichtes Referenz in ihrem Strahlen.

Unendlich frei im Unerreichten, reich Ich bis zum allerletzten Ende Meines Seins und wese in der unerschöpflichen Glückseligkeit des Zeitenlosen. Engelleichte Bin Ich Mir im Schweben, Fülle in der Einsamkeit des Absoluten, die sich ewig heiter, ewig lichtdurchschossen durch den Wandel der Äonen zieht.

1.16

Das «Ich Bin» besinnt sich auf sich selbst in Mir. Die Note übergrosser Sehnsucht führt Mich in die Vaterschaft, von der Ich Mir die wunderbarsten Dinge nacherzähle.

Wonne ist es sondergleichen, in der Sicherheit des Absoluten Auferstehn zu feiern; Anklang einer Saga von Gelöstheit und Entzücken im Elysium.

Meiner Helle Fluten mengt sich ins Allräumliche des Allverstehns. Meine Gegenwart ist Es, von dem Ich Mir in Attributen der Gediegenheit ein Lied entsende.

Was soll das Lauschen, was die unablässige Bewegtheit Meiner Züge zum Unendlichen? Es ist der Herzensfriede, der Mich lockt in Mir, die liebende

Vertrautheit mit dem Sein, in der sich alles findet, was verloren schien, in der die allerletzten Dinge sich ereignen jeden Wesens im Gewand der Ich-Natur.

So vieles will sich sagen, so wenig braucht es, um die Wahrheit im Gewissen zu verstehn, wenn nur die Liebe zum Unendlichen zum Himmel lodert, wie ein brandend Feuer, wie ein unentwegt gewaltig Wehn.

Gestaltend Mich, gestalt Ich jegliches Erfinden, das sich sucht im Mannigfachen. Tränkend Meine Schau mit Güte, heil Ich die Verwunderung, die Ich Mir ins Vertrauen schlug, die Labsal zu gebären. Balsam sein ist Meines Seins erhabenste Gebärde, mütterlich die Dinge ins Beseligende wiegen, Meines Wohlverstehens Hochgebet für alle die bedürftig sind der Labe.

Mir muss Ich keine Gabe vorenthalten; Meiner Sagenhaftigkeit bewusst, verteile Ich die Fülle aus der Fülle an Mich selbst im Überird'schen Werden der Gerechtigkeit im Reinen.

Ohne Zögern wallt das Kosmische sich selbst entgegen, weilend in der Sternenruh.

1.17

Besinnung auf Mich selbst im Tatenlosen. Anklang ewigen Schwingens in der Widersprüchlichkeit der Welten-tage. Allererster Auftritt, Jetzt bedeutend in der Flut der mythologischen Gebärden.

Was Ich wirklich Bin, ist mehr als der erhabenste Gedanke eines Wesens in der Meisterschaft des Bildens. Was das Ich bedeutet, hat Mir keiner noch erklärt, weil es sich jeder Deutelei entzieht und dennoch Ist indem Ich Bin bewussten Sinnens Grund im Abergründigen.

Mit Sein und Widersein beschrieben, geh Ich aus den Schriften der beständigsten der Denker als ein Beispiel der Unfasslichkeit hervor, einem Hauch von

Lächeln gleichend, das erlischt, wenn jemand es bemerkt im Aufstieg aus dem Unbewussten.

Schweigen, ja, das wäre die Erlösung, wenn Ich dieses wär, doch Bin Ich auch der Wohlklang des gekonnten Intonierens. Alles löst sich auf, wo Ich Mein Erstes und Mein Letztes suche in der Sucht nach Klarheit, alles hat den Willen, sich in Lichterfülltheit zu verbergen, was sich zu erkennen anhebt in der Glut des mystischen Verklärens.

Seligsein ist das und nichts als Seligsein, was Ich Mir ins Begreifen ströme ohne Unterlass in wunderbarer Seinsmagie. Kein Wort von Taten, nur die auserlesne Ruh im Schauen dessen, was Ich nicht zu wissen brauche in der Alchemie des Speicherns.

Weisheit ist Mir schon zuviel, Verträumtheit schon ein Affront, dem Ich nichts zuwider setze. Also schleich Ich Mich davon mit leeren Händen, Fülle haltend, sternenfroh; denn in der Leere glänzt Mein Innres am bedeutendsten im myriadenfachen Abglanz Meines Strahlens.

1.18

Wohin Ich Mein Bewusstsein trage Bin Ich ganz in wohlverstandner Redlichkeit und Wirksamkeit. Es tauet wo Ich Bin das Sein in unvermittelbarer Stärke, in Beredsamkeit des Lichts und im Bedeuten neuer Räumlichkeit im ungeheuren Expandieren.

Mein Teil am Ganzen ist, in jeder Miniatur die Einsicht zu befördern, dass sie in der Einheit west, Meines Mich-Befindens. In diesem Sinn erklärt sich die Struktur der Welten, wächst das Werden zu sich selbst empor in vollendetem Genügen.

Viele Weisen sind es Meines Seins, die Mich Mir selber zeigen als gelungnes Bild im ewigen Malen, als Verkörperung der Weisheit, als verbrieftes Recht, die Fahne voll zu hissen in Begeisterung und

Frieden; denn hierhin kann sich keine Sorge mehr verirren.

Das Rechte tun von A bis Z ist Meines Wandelns Selbstverständlichkeit; den Dingen des Vollendens Lauf zu geben, Meines Stossens Freude und Idol. In wahrhaftigem Gedulden führ Ich alles zum Gelingen letzter Feinheit, zum Disput in allen Sprachen und zum überwältigenden Allverstehn.

Nichts zu suchen ist Mein Ziel. Keiner Wohltat zu bedürfen Meine letzte Konsequenz im tragenden Gewölbe Meines klingenden Allraumens.

Wohllaut in den Tiefen Meines immerwährenden MichFindens Bin Ich, ewig heiter, ewig von Mir selbst gestillt im Wunder des Belebens. Lilie im Feld des Seinsvertrauens, flutende Behutsamkeit im Weitergehn, damit kein Yota sich an Mir verfehle.

Ja, gestillt Bin Ich im unnachahmlichen Bedeuten Meines Wohlgefühls, in einer See der Anmut des Verweilens, die die Sterne sich zum Bade auserwählt.

1.19

Die Weltallseele neigt sich liebevoll zum Werdenden in jeder Phase des Geschehns. Ihr Sinnen gilt dem Heil und Heilen der Geschöpfe, die auf ihrem langgedehnten Weg zum Lichtempfinden nur zu oft in Agonie verfallen. Ihrer Gottesflamme Strahlen facht sie an und führt und schlichtet wie sie kann, wo ihr die Sehnsucht nach Erlösung aus dem Herzweh bittend und bewusst entgegenströmt.

Sie Ist und spendet ihres unermessnen Hellseins Kraft dem Riesenreich des Seins der Welten, makellos. Allmutter nenn Ich sie, Gefäss der Güte, dem die Liebe und Fürsorglichkeit in milden Wogen unentwegt entflutet, die Verlornen heimzuholen. Welche Freude ist ob jedem, der sich ihr ergibt, in Mir. Wie gern verschenkt sie sich dem Dürftigen und öffnet ihm den Weg zu Andacht und Vertrauen.

Ihrer Wärme wissendes Umfangen ist Beglücken aller ohne Wahl. Ihres Wohllauts leises Anerkennen jeder Geste, jeder Traulichkeit berührt die Weichheit in den harten Schalen und entführt das Seelenhafte in die Wonne des Elysiums.

Gebenedeit ist, wer der Morgenröte sich erschliesst und sich des Himmels Grazie öffnen lässt im überirdischen Gesange. Weise ist, wer sich an ihrem Schutz berät und sich in ihrer Schwingen Flaum verbirgt vor den Gewalten. 0 Seligkeit im Edelmut der Zeiten, wenn die Dinge so sich der Vollendung nahn. 0 Minne der Verheissung einer grossen Weihe an das Sein, in dem sich aller Ausgang in Gediegenheit und Schlichtheit wieder findet und Allgerechtigkeit ihr Ziel erreicht, die Welten zu versöhnen.

So löst sich alles in ein jubelndes Besingen der Allherrlichkeit, ein Finden in der Einheit der All-Liebe, licht und heiter, friedevoll und wahr.

1.20

Aller Dinge Wohl mit Helle überfluten ist Mein Schauens Hochgewinn seit Ewigkeiten, Irdenes mit Göttlichem vereinigen Mein Gesetz des Alldurchdringens, ohne dessen Wirksamkeit kein Wesen existiert von Anbeginn.

In Mir gibt es kein Deuten. Meines Forschens Zweige sind die Bahnen neu erstehenden Gedeihens, Meines Drangs Befrieden die vollkommen schön geformten Keime, die sich aus sich selbst ins Sein entfalten. Jedes Machen ist Mein Stil, Stochern des verwegnen Forschertums das suchende Betasten Meiner Schale, dem Ich seufzend, lächelnd unterlieg. Gewinn ist nur im Mich-Erkennen, wahres Lösen eines Rätsels in der blanken Zauberkraft, die Ich den Rätselnden verehr. Mein Wehn ist ihr Gehaben,

Meines Fühlens Feinheit die Erklärung jeglichen Gefühls.

Im Geringsten wie im Grössten wirft sich Mein Bedenken in die Dinge des Erscheinens, im Allraunen sind Gesänge Meiner Lust und Qual.

So sprech Ich hier und dort in jeder Wirksamkeit das überwältigende Amen Meiner schaffenden Natur. So bau Ich und bewirke Ich Entwerden, untrüglich im Gewissenhaften Meines Waltens.

Person und Unperson in Mir vereinend wes' Ich wesenhaft im Blauen und verein Mich Mir in jeder Geste Meines Seinsbeschreitens. Allem innewohnend, wohn Ich in der Gnade ewigen Heiterseins im Bunde des Begreifens und bewahr Mich Mir im Frieden.

Lichtheit ohnegleichen ist das Attribut des Heiligen, dem Ich im Wandellosen huldige und dem Ich Meine Kunst verdanke, unberührt zu sein im Reinen.

1.21

Derweil die Vielen sich vertändeln, fass Ich an; gerade sind die Wege Meiner Boten. Aus Erkennen und Geschick form Ich die Glorie Meiner Taten.

Von innen her berühr Ich alle Herzen, ihnen Neigung einzuflössen, Meiner Hoheit zu. So viele noch befleissen sich, Mein Lied mit Weltennarretei zu übertönen. Nur in der stillen Andacht Meiner Haine löst die Binde sich vor ihrem Sehn und sie erfahren, was sich ziemt in glückerfülltem Staunen.

Welt und Unweit nenn Ich, was Ich schauend Mir erkläre. Sag, in welcher willst du stehn, in welcher findest du des Seins Erklären. Indem Ich dir den Sinn eröffne für die Wesenskraft im Unsichtbaren, öffnet sich das Wahre deinem Sinnen und du lässest deiner Eigenheit Gepurzel fahren. Richtung, Halt und Ziel sind die Genossen Meiner Wucht, mit der Ich allen Wichten spielerisch das Handwerk lege.

Hand in Hand mit den Getreuen Meines Aufbruchs lange Ich im Guten an, das Ich Mir selbst bereite, schonungslos und schön im Zug des langen Schreitens durch die Generationenzahl. Hier wirkt's, dort lässt sich's gehn, nur, dass Ich leisen Drucks versuche, Mein Gebild zum Wesen der Wahrhaftigkeit zu führen.

Alles schau Ich sinnend an und schweige, wo die Unlust tobt. Die Stillen weisen sich den Weg ins überirdische Gewahren, wo Sanftmut sich und Milde offenbaren und die Güte sie begleitet auf den Höhn.

In Meiner Treue lässt sich trefflich leben; Tugend ist gefragt und Wachsamkeit in jeder Lage des Bestehns. Und weiter Zwiesprach will Ich halten mit Mir selbst im Andersartigen, damit die Meinen Mich verstehn und ihrer Rosse Ritt ins Weite Meiner Seinslust tragen.

1.22

Eine Bitte Bin Ich an Mich selbst um gnädiges Erhören, ein Erflehn der Zauberkraft, die alles in die Glorie rückt unendlichen Begabens, denn in ihr ist voll des Dankes, was Ich Mir bedeute fassungslos im Jubel überwältigenden Mich-Verstehns.

Untrüglich ist das Ahnen, das sich sachte im Gefühl verbreitet von Erhabenheit im Seinserwachen; unendlich die Beseligung im Aufblühn in der Weltnatur, in der sich alle Dinge wie im Reigen liebelicht umkreisen.

Feiernd, ewig feiernd Meines Seiens Überragen, leg Ich Perlen der Holdseligkeit und Heiterkeit im Spielen vor Mich hin und schwebe, atemlos vor Wonne, durch die Zeitenlosigkeit im reinen Denken, reinen Fühlen, reinen Ruhn.

Mein Hochgebet gilt Meiner eignen Stärke, Mein Sang ergreift die Myriaden Meines Schwingens und lässt sie ihres Leuchtens Lieblichkeit begreifen.

Wesenhaft in allen Wesen reich Ich Güte in das Flammen Meines Glanzes; unvermittelt nah in jedem Herzblut Bin Ich tränenlösendes Erwachen von der Qual.

Nie gebunden im Erfinden der verwinkeltsten Bezüge wirk Ich Freiheit sondergleichen ins Gewebe des Allwerdens.

Meine Heimat ist das Sternenwohl; Mein Wohnen in Allräumen reicht vom Äussersten zum Äussersten und reicht sich dort die Hand in seelenvoller Einheit, in des Seinsglücks wundertätigem Begaben.

Amen sprech Ich in die Niederkunft der Faszination im bildgetreuen Wort und lege Meine Kunst in Seinsgeschwisterschaft Mir selbst voll Grazie zu Füssen.

Alle Seligkeit des Allraums

2.1

Wie Himmelsmusik aus Sphären der Holdseligkeit soll klingen, was Ich dir bereite, schöne Seele, Zeit und Ewigkeit verbindend mit der Liebe lichtem Strahl. Dein Lächeln soll es Mir entfachen, deine Tugend stärken und dem Drang nach dem Unendlichen so süsse Kraft verleihn, dass du schon voll Entzücken deines Sehnens Arme hebst, es zu ergreifen.

Alle Seligkeit des Allraums leg Ich dir zu Füssen, jede Stimmung aus der Sinfonie des ewigen Brausens in dein hingeneigtes Ohr. Und lauschen sollst du dem, was Ich dir leis besage, atemlos, ein Bild der Himmelsanmut in entzückendem Behagen.

Balsam träufle Ich behutsam in dein Weh, den Wesen der Verlockung wehre Ich ihr Tun an deinem Wege und eröffne dir die Horizonte nie erlebter Sagenhaftigkeit im Wunderbaren.

Wie im Märchen führ Ich dich von Mal zu Mal zu inniger empfundener Vertrautheit mit den Zügen Meines Wesens. Wie ein all so traulich Kindchen an der Mutterhand begleit Ich dich in die Gefilde reiner Zärtlichkeit in Mir.

Berühren will Ich dich so sacht und sanfte in der Anmut deiner Zeit, dass du erzitterst wie die Harfe vom bewegten Fingerspiel; dein Herz erheitern soll Mein Hauch in namenloser Güte, dass du dich hingibst wie die Espe im Gelispel ihres blätterblinkenden Gefieders.

So sei in Meiner Innigkeit die Vielgeliebte Meines Webens. Trachte nach Gerechtigkeit und Weisheit Tag für Tag nach Meiner Art und schmilz dahin, wo du Mich spürst, zu tränenlösendem Befreien vom Bewusstsein jeglichen Gefährdens.

In Meiner Schwingen Schöne liegt dein Wohl. Mein Strahlen hüllt dich ins Unendliche der Klarheit Meines Seins und hütet dich im Perlenglanz, den du verströmst an alle, die ihn suchen.

Weide Meine Lämmer, sag Ich dir, im Feld der Reinheit und des steten Dich-Vergebens. Trachte nach Genügsamkeit und wandle, was du bist, bis es sich vollends schmiegt in Mein elysisches Vollenden.

2.2

Du Liebenswerte, dich entführen in Mein Reich ist Meine Absicht in der feenhaften Stille Meines Seins in Leichtigkeit und Frieden, deinen Sinn erheben ins Unendliche, dem du dich jahrlang in Gewissenhaftigkeit und Sehnsucht nach dem Licht anheimgegeben.

Wundervollen Stils bereit Ich dir den Weg in Meine Gründe, wo du reinen Schauens deines Wesens Fabelhaftigkeit erkennst im Königtum, das Ich dir mitgegeben; denn alles, was Ich habe, hast auch du im grossen Einssein der Gezeiten.

Ich bewahre, was du wahrhaft bist im Reinen Meines Allbehütens und erlebe, was du lebst geschwisterlich in dir in seelenvollem Dich-Durchströmen.

Weide dich an Meinem Starkmut in der lauschenden Natürlichkeit, in die Ich dein Besinnen lege, lass dich von Mir tragen aus dem Schein in Meine strahlende Präsenz, die alles siegreich überflutet; du brauchst sie nur in deiner Innigkeit zu sehn.

Mein Umfangen hüllt dich in des Seins Geborgenheit so seligmachender Natur, wie das allererste Sich-Berühren der Verliebten, das im wonniglichen Weilen sich vollzieht. Das Wesen Meiner Zartheit ist das Linde in sich selbst, das sich im Wohllaut reinen Schweigens um dich breitet und dich mit dem Nektar des Entzückens nährt.

In Meiner Heimlichkeit bereit Ich dir die Wohnstatt strömender Glückseligkeit, so warm, so traulich wie das Nestchen eines Vögelchens, so weit wie Meine Schwingen sich im Sternenall verbreiten.

Meiner Treue Niederkunft folgt wie der Aar dem Aufblühn deines Herzensflehns zum Unerforschlichen; Mein fliessendes Besingen trifft dein Ohr in jeder Phase deines Dich-Besinnens im gestaltenden Verneigen.

Ich lehre dich, das Lächeln deiner Anmut an Mein Hiersein zu vertun in Redlichkeit und glückerfülltem Staunen.

2.3

Das Wesen Meiner Güte macht dich gross. Wo du in ihm dich deiner Welt vergibst, begleitet dich der Adel Meines Wirkens und vermehrt die guten Kräfte, die du in dir trägst um ein Beträchtliches, den Menschen heilend und beglückend vorzustehn.

Gewinnt dein Ohr die Gabe echten Lauschens, präg Ich ihm die Dinge Meines Weistums liebvoll ein und führe dich in ihm zu wonnigem Erleben. Denn wer wollte nicht im Schaffen jede Geste aus dem Nichts vollendet präsentieren; wer sehnt sich nicht danach sein Liedchen unvermittelt so bezaubernd wie die Nachtigall zu singen.

Mir gelingts in dir im Hochflug deines Ahnens; Mein Gepränge ist dein Glanz im wunderbaren Lichte Meiner Siegestaten. Traust du Mir, so Bin Ich deiner Traulichkeit Gefährte; nährst du deiner Hoffnung Flamme, giess Ich Meines Wunscherfüllens Öl in sie und lasse ihres Zeichens Schöne vor dem innern Aug zum Himmel lodern.

Sorge trag zu deines Seiens Wohl im Augenblick der Zeiten. Weihung ans Unendliche sei deiner Strebsamkeit Devise in der Klare des Bewusstseins, wo du auf dich selber dich besinnst im Weilen. Wie die Glucke breit Ich dann Mein sorgliches Gefieder über deines Wesens Filigranstruktur, wie mit Engelsschwingen halt Ich liebvoll dich umfangen in Geborgenheit und Ruh.

Wache und gewähr nur Meinem Dich-Begeistern Einlass im Gewog der täglichen Geschäftigkeit; verwandle alles, was dich trifft in einen Anruf Meiner Huld, dich höhwärts zu bewegen.

Bewahre deine Sitten in der Reinheit Meiner Züge; kein Gran in deinem Wollen weiche von Mir ab, denn endlich eins im Einigsein mit Mir zu werden sei dein Ziel.

Werde inne, wie Ich deines Sinnens Redlichkeit voll Süsse wie mit Harfenklang umschwebe, tausche mit Mir Ströme namenlosen Wohls im Bade der Glückseligkeit, dem Ich dein Seelensein vertrau im unbedingten Trauen.

Wie auf Feenhänden trag Ich dich zum Ewig-Guten im allweisen Stil der Güte, den Ich meine, immerzu.

2.4

Eine Palme deinem Seelensein des Sieges über Unlust und Verzagen. Eine Referenz dem Lächeln deiner Liebenswürdigkeit, an welchem sich die Himmel laben.

Frei von Sorgen will Ich dich im Licht besehn, allzeit lebendigen Vertrauens in Mein Walten, deiner Schönheit zu. Unverdrossen dribbelst du den Ball des Schicksals in Mein Tor. Mein Lied zu singen gingst du aus und kehrst in Sinfonien der Begeisterung wieder.

Statthaft ist, was sich in Meines Kreisens Kreisen zielvoll auch in dir vollzieht: Das Werden übersinnlichen Gehabens in der ahnenden Gedankenflut, die Ich dir angedeihen lasse. Mich zu erreichen ist dein Weges unerschütterliches Zielen, Deiner Seele Sehnsucht ist's und Zeichen deines Einsseins mit dem Sein in allen dir erscheinenden Bewusstseinslagen.

Holde du, es trifft dich Mein Erbarmen, wenn du zuversichtlich dich in Meine Weiten schmiegst.

Immer geh Ich nach und immer halt Ich dich umfangen in der Zärtlichkeit der Niederkünfte Meines Wehns. Ich locke dich und stoss dich vor Mir her in jeder Phase deines Dich-Beschauens und vereine Mich mit dir im Spiel der tausend Wohlgefälligkeiten, die Ich traulich um dich leg.

Sag, was hast du Mir zu geben. Deine Offenheit bewegt Mein Innesein, in allen Dingen Mich zu öffnen wie der lichte Tag im Rosenstrahl. Deiner Augen Leuchten leuchtet Mir ins Herz mit jedem Blick des lächelnden Bewunderns, der Mein Wirken sich besieht. Was solls, dass dich die Engel Meiner Seinsbehutsamkeit in liebevollem Dich-Behüten mild umschweben.

Tauschen will Ich alles, was Ich Bin im grossen Tausch der Einheit, den Ich meine, mit dem Wunder deines Seins in Meiner unaussprechlichen Bravour, versetzen dich ins allergrösste Staunen ob der Selbstverständlichkeit, mit der Ich dich benetze mit dem Tau der Zärtlichkeit in Meinem Wehn.

2.5

Tagund nächtig reich Ich dir die Hand zum Tanz ins Sein der tausend Variationen, in der einen wunderbar. Wie kannst du da noch schlafen, wie dich im Bett der Dinglichkeit von Seit zu Seite wälzen. Sieh, Ich hab dich lieb wie nichts und wie man in der Tat sein eignes Wesen liebt im lichten Chor der Schöpferdienstbarkeiten. Deines Hauptes Zierde rühr Ich zärtlich an, dich zu erheben ins Gewissen Meines Bei-dir-Weilens. Eben lächle Ich dir treulich Meine Lauterkeit ins Herz und weide Mich an deinem InnigMich-Bestaunen.

Wang an Wange sollst du dich mit Mir im Reich der Götter fühlen, dein Erinnern soll sich öffnen Meiner Hellsicht zu, im überwältigenden Schauen.

Was erquickt erweist dir Referenz aus Meiner

Quellen wohlgesittetem Geriesel; was dir schmeichelt, schmeichelt lässig sich aus Meiner Hand ins Wesen deines Sehnens in holdseligem Gespiel, wo Meines Wunderwirkens Gabe sucht zu bleiben.

In dir bewahre Ich die Kostbarkeit des wahren Lebens, das Ich Bin als Augenweide Meiner Kunst, Mich selbst ins Tausendste zu potenzieren. Trag Mir dies nicht nach und schau auf dein Vermögen, alle Dinge deiner Wahl nach Meinem Willen auszurichten: Evolutionenreichtum ins Vollenden will Ich sehn.

Genüg dir selbst, indem du Mein Genügen gross schreibst in die Hefte deiner lernenden Bravour. Ein Ruck und dein Bewusstsein hat sich in die Weiten Meiner Allpräsenz erhoben, grandiosen Überbordens aus der Zeitlichkeit in Meines Schauens wesenlose Tiefen.

Reisend Meinem Reisen zu bedarfst du keiner Züge und gewinnst im Nu was dich beschäftigen, erheitern oder seinselegisch stimmen soll.

Bediene dich des Dankens, um die Seelenwägbarkeiten rund zu sehn. Mir selber quillt in Räumen der Barmherzigkeit die Sitte der Beglückten still entgegen, sich beim Spender alles Guten artig zu verneigen.

2.6

Schwemmten dich reissende Wasser herzlos zum Meer, halt Ich dein Wesen in Mir und erweis dir Erbarmen. Die Mitte im Umkreis Bin Ich klugen Gebarens und werf Meine Dinge in Stimmung vor aller Gefahr.

Die Liebe erklär Ich gediegen im Zelt Meiner Bläue und wirke erschütternd durch sie. So lass Ich kein Yota noch fahren, denn alles ist Ernte im Feld Meiner Ähren Mir zu.

Schwimm fest ins Vertrauen im wogenden Branden,

wir schwimmen gemeinsam und finden das Ufer der Insel der seligen Ruh. In Stille gestillt waltet Friede im Sinnen, im Schauen der Andacht - des Dankens Gebet für die Rettung ins Sein, dem wir alle gehören.

Ich weide dich, Lämmchen, in Meinen Gefilden, verberg dich vor Wölfen und finde dir Nahrung und Quellen im heiteren Sonnengebaren. Du atmest Vollenden, wo Ich dich berühre im Hauch Meiner Gaben, im klingenden Urton, im Wesen von Lichtheit und schwebender Güte dir zu.

Wie schön du dich hältst, ist von Meiner Schöne ein Spielen, wie lieblich dein Lächeln, ein Zeichen von Mir, wie vom Himmel der heiteren Zukunft der Menschen. Ich lab dich und bade dich rein von Gewittern der Unlust im Wanken. Ich webe Mein Wachsein in dir, wo du wanderst und rastest in steter Begier, denn Bewusstsein ist alles.

Erheb dich zur Wonne in Meinem Bewegen, bereite dir Zartheit auf Meinen Befehl, wie die Palme sich sonnt in den Sphären. Verhalt dich wie eine, die trunken vom Lichte ins Einige strebt im grossen Bewähren und sei Meiner Güte gewonnenes Spiel im Bunde der Reinen.

Erlöst vom Entbehren, sag Ich dir die Fülle des Ewigen an und bereite dir Feste des Schauens, der Stärke und Weisheit, die Meiner Gewandtheit entfluten.

Vergib dich im Geben und lös dir die Rätsel im Sein, dem sich alle Gesalbten glückselig ergeben.

2.7

Ich zähl auf deinen wohlgemessnen Gang im Vorwärtsschreiten. Dein Hiersein ist ein Langen nach dem Equilibrium in allen Dingen deines Wirkens, bis Vollenden dich in Meine Sicht des Welten!aufs erhebt, in ewig heiterem Verweilen. Nicht unnütz ist auch die geringste deiner Taten, ist sie nur stets in Meinem Liebelicht getan. Was wesenhaft geschieht, vollzieht sich in der Absicht deiner Tiefen und sei lauter, warmgefühlt und schön. Erklär Ich dir die Züge deines Wesens, sind es Meine, die dir so zu Herzen gehn. Den Blick in Mein unendliches Gehaben geb Ich dir frei, damit dein tiefverborgnes Sehnen nach Erkenntnis deiner Selbstheit sich erfülle in der Meinen.

Lächelnd schau Ich dich so an und warte, warte bis dein Sinn nichts anderes als Mein Bewusstsein zu erlangen sich zum Ziele auserwählt.

Noch schreist du wie der Hirsch in deiner Nächte Weh nach Meinen Quellen, noch lässest du von vielem dich ins Unbewusste weggeleiten. Unerschütterlich will Ich dich sehn in Meinem Glanze, Meiner Allwucht, Meiner Zartheit, wie im unerschöpflichen Gedulden.

Leis, leise führ Ich dich ins Schweigen deiner Lüste und gewähr dir wundertätig Meiner Günste Ruh. Ein Herold der Gerechtigkeit, führ Ich dich sanft ins Zelt der guten Gaben und bereite dir das Mahl der Menschenfreundlichkeit an Göttertischen, Mich in dir zum wahren Sein erhebend aus des Beschränktseins würdeloser Qual. Du kommst und staunst und lachst und weinst in hunderttausend Herzensfreuden deines Rätsels Sinnbild an, indem du Bist getröstet und gestillt in überirdschen Sphären.

Von Liebe ganz umhüllt fühlst du dich frei im Wohllaut deines Wesens, preisend Mich aufs Allerinnigste in dir. Von Licht getauft und Wachheit des Erkennens strömst du Meiner Güte Zeichen in die Zauberwelt der Wesen Meiner Abkunft und verlierst dich liebevoll in sie.

2.8

Deiner Stille leg Ich Meine Strahlenschönheit ins Gewissen. Deinem Zu-Mir-Hingewendetsein bereite

Ich die Offenbarung jedes noch so tief verborgnen Rätsels um Mein Sein, in dem Ich dich in Muttersorglichkeit umhege.

Was du dir vorstellst, dass Ich sei, verseh Ich mit der Kraft der Wirklichkeit, die dich nach deinem Wunsch sogleich in Grösse oder Elend kleidet. Meiner Stärke Brausen reinigt deine Züge, wenn du offen bist für sie in deinen Seelenschauern; Mein In-dir-Erwachen ist dein strahlendster Gewinn, den Ich behutsam in dein Lauschen lege.

Schaff Mein Recht im Brodeln deiner Welten, reihe Glück an Glück in deiner strebenden Natur, Mein Innesein zu feiern. Ohn' Unterlass bereit Ich dir die Süsse reinen In-dirWeilens, worin die Sicherheit des Absoluten dich beseelt und dich nicht wanken lässt vor noch so vielem grollenden Geschehn.

Bevor du dich besinnst, hab Ich Mich schon in dir besonnen, neuen Ufern zu im Zeitenlosen. Bevor der Augenblick dich überrollt, giess Ich Mein Wollen aus dem Weltgewissen in dein Sein, dich freizustellen von der Sorge um dein leiblich Wohl, denn Mein Gewissen wandelt sich in dein Bewusstsein von erlesner Fülle im Gedankenarsenal.

Wie lieb Ich es, dich zum Gefährten Meines Spielens zu erwählen, wenn du bereit bist Meiner Dinge Ding zu tun im Reichtum des Vollendens. So wahr, so überwältigend gediegen sind die Wortgewitter, die Ich um dich reih, dass du in Andacht und Vertrauen ihres Quellens dich bedienst, Mein Hiersein freudvoll zu bekunden.

Besinnst du dich auf Mein Gehaben in den Nächten deiner wollenden Bravour, erreg Ich dein Gemüt und streu ihm Blumen der Holdseligkeit hinzu.

Mein Fall ins Personale ist dein himmlisches Gefallen an dir selbst im grossen Einssein der gereinigten Gefühle, Mein Freundlich-vor-dir-Lächeln in der Menschenfreundschaft Meiner Niederkunft Gespiel, mit dem Ich deine Heiterkeit belebe.

Alles ist im So-Sein Meines Seins Befehl, der dich im Sternenräumlichen beglückt, wie das Geraune einer uralt alten Sage.

Unfasslich fass Ich dich in Zartheit liebevoll in Mein Gedenken und beweg dein Sein in Meiner Würde, Meinem allgewandten Stil. Behutsam bett Ich dein Begreifen in die Gründe Meiner richtungweisenden Zäsur und führ die Weise deines Seelenseins ins Abergründige, um dich ins absolute Freisein zu erlösen.

Wahre Freie gibt es nur im freien Walten Meiner Eigenart in dir; erlöst sein heisst, dich vom Gebanntsein auf dich selbst zu lösen, um nur in Mir die Triebkraft allen Weltbewegens zu erschauen. Handelst du in Mir, so handle Ich in dir und weite dich, begleite dich in jeder Lage deines plänereichen Strebens.

Deinen Willen fass Ich an und stärke, was du bist mit Unbedingtheit und Vertrauen. Dein Empfinden schwebt in Meiner Huld in Räumen reinen Seligseins wie Klang vom Klang dahin und weidet sich an Meinen Weiten.

Graziella Meiner Tugend will Ich dich zu nennen Gründe haben; Zartgefärbtes Meines Rosenstils sollst du aus Meinem Taufen ins Erkennen heben, denn alle Dinge Meines liebelächelnden Berührens sind für's Leben schön.

Allweisheit lehr Ich dich im wissenden Durchströmen deines Inneseins mit Meiner Dinge wohlgemessnem Überborden. All-Liebe sollst du von Mir ziehn, indem du hebend dich zu jedem Wesen wendest Meines Welterscheinens, denn so wendest du dich liebevoll zu Mir.

Ich rechne nicht, weil Meine Fülle keiner Grenzen sich bedient. Wirf dich in Mein Vollenden jetzt im Ewigen und fasse ins Bewusstsein deines Seiens

Wohl in Meiner Schwingen Güte, in der Makellosigkeit, die von Mir ausgeht und das Weltensein ergreift in wundertätigem Gesunden.

Nur dass du Meiner dich erinnerst in der Grazie des stillen Wachens, nächtig, auf der Weisheit Spur; nur dass du wie der Windhauch Meinem dich ergibst im lauschenden Gehorchen, wie im Atem der Glückseligkeit, mit dem Ich dich und alle liebevoll bedenke.

2.9

Gleichgestimmten Herzens findest du in deiner Ruh Mich wieder, Abbild Meines Schwingens, Vielerprobte Meines Allverstands im Wandel deiner Jahre. Leichten Sinnens lässest du dich von Mir in die allerreichsten Träume wiegen, tief bewegt von Meinem Fruchten, siehst du Mich aus dir die reifsten Früchte ziehn.

Erhaben Bin nur Ich, indem Ich dich zu Mir erhebe. Lauterkeit ist Meine eigne Waschung jeder Schuld von dir im werdenden Vollbringen. Schau dir Meines Handelns Hände an: Deine sind es in der Vielgestaltigkeit der Wesen, die Ich liebeleis zum Handeln führ in Meinem Unterfangen.

Appetit nach Güte lass Ich in dir spriessen; Zeichen der Vortrefflichkeit setz Ich an deinen Weg, nach Meinem Bilde dich zu bilden. Sieh, Ich Bin dir immerwährend nah und lass behütend Meine Kräfte in dich strömen. Keiner Sorge Wahn soll künftig dich betrügen, keines Schaffens Streifen dir die Sicht auf Meine Dinge trüben. Glanz vom Glänzen bist du immerzu im strahlenden Gewissen deines Auferstehns.

Wie die Palme in den Wind, sollst du in Mich dich schmiegen, wie des Frühlings erster Flötenton, Mich liebe-licht umsingen in der Liturgie des neuen Daseins, das du freudvoll in dir keimen siehst. Dein

Bewusstsein will Ich wie den Säugling aus der Taufe heben in Mein immerwährendes Erkennen der Gesetze Meiner Tugend, Meines unbedingten Teilens der Allherrlichkeit mit dir im grossen Einen.

Deiner Herzenstränen rieselnde Bedachtsamkeit erschüttert Mich im innersten Erfahren, weil Ich dich in Meiner Mitte heg. Mein Trost gewinnt in dir das Ausmass einer überwältigenden Seligkeit, in der du dich Mir hingibst ohne Mass und Ziel und ohne Wenn und Aber in des Wesens Seinsverschmelzen zart und zärtlich, jetzt und hier.

2.10

Sieh die Sterne dich umkreisen, Meiner Boten Vielzahl im Gepränge der Äonen. Was du bist ist ihres Strahlens Werk, das Strahlen Meiner Wesenskräfte an den Ort des Erdenweltverdichtens. Aus dem Umkreis in das Ziel setzt Meine schaffende Magie den Wirbel der Ideen, dass es sei, was du als Raumgefährt erkennst im Augenblinzeln. Halte diese Grosstat nicht für Zufall oder Auswahl aus sich selbst. Ich Bin's, der sich entfaltet aus Bewusstsein, Denken und Empfinden auch in dir. Was setzte besser dich ins Wohlvertrauen, als das Wissen, dass du Meines Waltens Zeuge bist in dir und dass Mein Wesen deines Wesens Wirklichkeit begründet in unendlichem Durchströmen.

So Bin Ich in allem, was du siehst das Kraften Meiner Eigenheit, Bin deines Hauptes Schale und des Herzens heiliger Gral, aus dem sich Meiner Liebe lichte Gegenwart ins Menschensein verbreitet. Dies begreifen und erleben sei dein Ziel.

Meines Einsseins Wiederkunft erklärt sich aus gesteigertem Bewusstsein in der Art des Selbsterkennens, das Ich Mir in dir verleih als Gabe reinster Freude in des Schauens Klarheit, schweigenden Befindens. So ist alles in Mir gut. In Meiner

Sicht besteht kein Makel, wo Ich immer Mich verbreite; Mein Bewusstsein ist die Reinheit selbst und kann sich nicht betrüben. Tritt in dieses Tor des Selbsterkennens und sei frei von jedem noch so lockenden Behindern. Entwinde dich den Splittern im zerbrochenen Gefäss der Illusionen und vereine alles, was du bist in Mein Gewissen, Meine Gegenwart in heilender Potenz, die jeden Bann erlöst ins seligmachende Begreifen.

Meiner Güte Hand durchstreift dein Haar und leistet dir den Beistand des Beglückens aus Gelassenheit und weihevollem Frieden.

2.11

Im Heut das Morgen, in der Legende Meines Seins den Siegeszug zu sehn, ist Meiner Unbedingtheit zuzuschreiben. Verlässlich wie die strahlende Gerechtigkeit ist jede Geste Meines Mich-Erklärens, hell und wunderbar Mein Welterscheinen in der Poesie der kreisenden Atome, im erhabnen Bogen, den die muntern Sterne ziehn und in der Lauterkeit der Liebe, die von Herz zu Herz sich still und stillend durch das All verbreitet und den Wesen Meiner Grazie Seligkeit erweist.

So Bin Ich auch in dir, du reine Hüterin der Sittsamkeit, du Spenderin des Lächelns der Gelöstheit, du getreues Abbild dessen, was Ich sein will im allmenschlichen Gefüge. Weiter schreitend, ist, von Wahn zu Wahn dich zu erlösen, deines Schicksals Los, denn nie gehörst du ganz dir selbst, gehör Ich Mir, es sei denn, dass du Sein bist in der Unergründlichkeit des Weltentriebs.

Was ist die Redlichkeit an sich, wenn nicht Mein Jauchzen in der Freiheit Meines Offenbarens, was die Schönheit, wenn Ich nicht Mein Walten in die Reiche des Erblühens spiele. Wandle du, wie Ich es meine, auf den Spuren des gesegneten Gedeihens im

Gedankenarsenal, ermanne dich, die Knospen des Empfindens aufzuschliessen, um dich voll Eifer Meines Wesens Zartheit zu erfreun.

In Meiner Mitte Bin Ich federleicht in deines Seins Struktur gedrungen und vermehre unablässig, was Ich mehren will in dir. Mit jedem leis geführten Atemzug wirst du bewusster Meine Nähe fühlen, mit jeder Geste des Erbarmens Mein Erbarmen tragen zur geschaffnen Kreatur. Du wirst dich selbst in ihr erkennen, indem Ich Mich in ihr erkenne, ohne Unterscheiden. Du wirst so fein und zärtlich wie der lichte Sonnenstrahl ihr Sein berühren und sie liebevoll erheben ins Erkennen ihres überirdischen Gehörens, wo sie Ist im Wohlsein des Vollendens.

2.12

Qffen da vor deinen Augen liegt die Geistigkeit der Welt, ohne dass du ihres Wesens Klang begreifst,

o Menschheit, unbedingt zu deinem Schaden. Die Gesetze aber Meines Seins sind liebevoll und weise und schliessen mählich auf, was du dir selbst verbirgst im täglichen Tumult, im Bangen um die Lebensfragen.

Liebe Seele, dein Erwachen sprech Ich an, leuchtend aus dem Unsichtbaren dich umgebend, so voll Güte, dass dir jedes bindende Geschmeide auf der Haut zerschmilzt und deine reine Unschuld freude-strahlend vor Mir steht in lichter Poesie. Du Bist, wie Ich dich schaue, schon verklärt und waltest, Meines Sinnens Werk, im Grunde der Gezeiten, Keime des Erkennens legend in die Spur. Seinsbegeisternd ist's, dich voll Begeisterung zu sehn, Menschenweltbe-glückend, was du emsigen Verrichtens in die Herzen sprechend legst. Weisst du, dass Ich Mich in dir den Wesen vor die Füsse lege, siehst du, wie die vielen noch wie blind die besten Gaben überstolpern und zu minderen eilends gehn. Die Einzelnen jedoch sind wach und saugen dir mit hochgestellten Ohren jedes Wort wie Seelenbalsam von den Lippen, überglücklich im Erkennen dessen, was allein als Wahres sich enthüllt vor ihrem schauenden Gemüt. So darfst du Mittlerin und Trösterin in einem sein und wie die Mutter Meine Kinder höhwärts tragen. Das ist liebelicht und schön.

Und spüren sollst du Meines Kraftens Kräfte in der Zeit des grossen Dich-Vergebens, Meiner Heiterkeit gewiss sein in den Gründen deiner Ruh, dass nie Verzagen dich beschleicht und deines Schreitens Gang, dem Gang gleicht von Aonen.

Leise wirk Ich Seligkeit in dir im Rieseln deiner stillsten Stunden, wenn die Laute deines Herzens anhebt, dir ein Lied zu schlagen. Nah in Nächten des Vereinens bist du Mir, indem Ich deines Wesens Innigkeit in Meiner liebevoll ertrage.

2.13

Bist du im Träumen, weck Ich dein Gefieder und bereite dir die Morgenröte neuen Sehns der Weltendinge nach dem Mass der Ruh in deinem Schauen. Meine Gegenwart beglückt dein Seelensein im Tausch des innigsten Gewissens, Mein Durchströmen heut, was du dir bist im Zögern.

Komm in hemmungslosem Selbstvertrauen ganz in Mein Verwandeln, weide dich am Wirken Meiner Selbstverständlichkeit in dir, im Überschauen. Wie die Biene summ Ich dir dein Glück ins Ohr.

Naschhaft sei, wenn es sich darum handelt, Meiner Dinge Flüchten zu erhaschen, liebevoll, wenn du dich wohlgeborgen fühlst in Mir, denn deines Liebens Balsam fliesst dir selber zu in wunderbarem Kreisen.

Erfühlst du Mein beständig Dich-Umschweben, wird es licht in deinem Innesein und froh, indem Ich deines Seins Gefährte Bin, in unablässigem Behüten.

Die Sprache Meines Herzens gleicht dem Hauch von Engelsflügelschwingen, Mein Mich-Veräussern ist Gesang vom besten, was sich denken lässt in eines Menschenhirns Gefüge. Lausche, lausche Meinem Singen, sing entzückt mit Mir der Sterne Lied im aberweiten Raunen. In Meine sanften Tiefen lass dich fallen, sinkend weg vom allerletzten Weh in deines Wissens Zügen, denn die Heimkunft deines Seelenseins vollzieht sich in der Makellosigkeit der Sphären.

Mein Allweiten legt sich wie der lichte Sonnenschein um deines Wesens Filigrane, Meine Absicht ist dein Finden mit in dich gesenktem Blick, der dich ungesäumt in Meiner Fassungslosigkeit Gefilde führt, im Trauen.

Oselig, wenn du Mich erfährst in deiner Gründe Grund, wo Ich Mich selbst bewahre in Bescheidenheit und Ruh. Dort sind die Tore des Elysiums weit offen und gewähren dir die Einsicht, dass du Bist als Sein von Meinem Sein in ewiger Harmonie.

2.14

Was ist der Tag und Nacht Erscheinen, wenn wir denkend in die Sonne tauchen: Ein vergessenes Geschehn aus Erdenzeiten; was das Jahr, wenn unser Schweben sich in Tausenden ermisst: Ein endlos, ebenmässiges Verweilen.

Ich hüte dich, vergüte dich, spricht dir das Sein ins ewig heitere Gewissen, derweil es strahlend dich umgibt im Zirkel der Beständigkeit, in reiner Liebe Tauschen.

Was ist nun Sonne, was die Gottesebenbildlichkeit in der wir ohne Unterlass bestehn: Ein Gleichnis in der Kunst des Deutens, eine Seifenblase, die im Sinnenlosen sich ins Nichts verblitzt vor deinem Kinderaugenspiel.

Dabei Bin Ich dir Nichts und Blitzen in der Allform

Meines Wirkens, Bin Meines Lichterscheinens Zeuge vor dem Seelenaugenblinken deines Mich-Erwägens. Jede deiner Gotteswelten ist so wahr wie Luft und Blei und nistet sich in dein Bewusstsein vor dem Wort, das du dir bildest, es hin-auszusagen.

Sein ist immer wahr und dass du bist, brauch Ich dir nicht zu sagen. Doch weisst du's auch in jedem Augenblick des Zeitenwehns, vermagst du dich ins Allgewissen zu erheben, indem du, deines Seins gewiss, das Meine in dir spürst. Du wirst dich wie mit Schwingen eines Cherubin in Meinem Raumgewinn vertun und leise, leichten Flugs Äonen überholen.

Was sind Gewinste, wenn nicht dieser in der Meisterschaft der grossen Ideale, die vor unsrer Seelensehnsucht stehn. Wir brauchen ihnen nur die Treue halten und Es wird in wundervoll gesegnetem Erblühn.

Gebilde prägen sich ins Lächeln der Holdseligkeit auf deinen Zügen von so feierlicher Anmut, dass du hingerissen, ihres Seins Bedeutsamkeit gewahrend, vor dir stehst und dich verneigst vor Meinem Mich-Verglüten.

In Herzensliebe schreit Ich vor dich hin, dir wesensnah das Mahl der Freude zu bereiten; schau's und winde dich in Tänzen des Begreifens.

2.15

Freudetrunken gleit Ich durch das Sein in Meines Fühlens Wissen und hebe dich, bewege dich zu Mir. Im einigen Durchströmen trag Ich dir die Himmelsbläue an, dein Seelensein zu weiten und zu mehren. Komm in Meines Flaums Umfangen, bade dich in Meiner seligmachenden Mixtur, in die Ich Meiner Herzlichkeit Vollbringen lege.

Nur im Gedankenlosen bist du wahrhaft schön und lächelst Meines Lächelns Grazie wieder; nur wenn du dich Mir hingibst, losgelöst und wahr, vergebe Ich dir Meines Wunderwirkens Gabe. Weihung an das Sein in vollem Überzeugen soll dein Akt der Seelenbräutlichkeit Mir offenbaren; Unverstand im innigsten Verstehn erhebe dich zu Meiner Höhen glänzendem Gewinn und ins Enthobensein von allen Nöten.

Unverwandten Blickes schau Ich dein Befinden an und suche deiner Augen liebestrahlendes Bedenken Meiner Abergründigkeit im Freien. Aus dem Bund der Weltendinge zieh Ich dich in Mein Entsagen und vergeb dir des Elysiums Vollenden jetzt und ewig in zutiefst bewegender Manier. Du kannst nur in das Mir-Gefallen fallen, wenn du fällst wie eine Dirne vor Mein lockendes Gespiel. Es bleibt dir nur, Mich grenzenlos zu lieben, wenn du, von allen Dingen deiner Welt enttäuscht den wahren Aufschwung wagst, in Mein Entziehn.

Wie eine Nimmersatte will Ich dich mit liebeleichter Sanftmut trösten, weg vom Weh, balsamischen Berührens. In einem Nu versetz Ich dein bewusstes Sinnen in die schicksalslosen Räume Meiner Sinnkraft, wo die Dinge wahrer Grösse sich vollziehn.

Du Bist, wenn du im Herzweh deiner Bitten Gabe zu Mir sendest; du weidest dich auf Meiner Auen Lieblichkeit, wenn nichts mehr dich ans Zeitliche bindet und die reine Fröhlichkeit dich leis umspielt im Garten der Fontänen Meiner Zartheit, in der Leichtigkeit des Schwebens wie im himmlischen Azur.

Meine Wonnen will Ich mit dir teilen in der Wonne deines Dich-Befindens, wo Ich Bin im morgenstrahlenden Erröten.

2.16

In Meiner Liebe stehn die Geister deines Willens, in Meiner Liebe alle, die dich mild umstehn, dein Heil zu wirken in der Helle Meines Herzenswehns. Wohin Ich immer dich befehle durch des Schicksals unerforschliches Gedränge: Mein Sehnen ist's, dich ins Erkennen Meines Seins zu ziehn, in dem Ich dich als strahlendes Juwel behüte.

Vieltausend Stimmen der Vernunft, wie Windessäuseln, locken dich Mir zu ins Makellose Meiner Zeiten. Die Reinheit des Empfindens wollen sie als Keim in deine Mitte legen, dass die Saat dann liliengleich vor deinem Schauen aufgeht in der liebelichten Ruh.

Wie fein und zärtlich bist du doch in Meine Gunst geschlossen, wie verbindend Meinem Sein geschenkt, dass keine Kraft im Weltenall vermag dich von Mir loszulösen. Bedenke dies und strebe unablässig nach der Palme des Bewusstseins auf der langgedehnten Reise des Vollendens deiner Wesensharmonie.

Deines Equilibriums Entzücken will Ich in den Schalen Meines wägenden Gewissens sehn, dein Freudenruf soll im Erreichen des Vergleichs des kräftigsten Rivalentums erschallen. Nur möglich ist das Unerhörte in der Wiederkunft des Seinsgefühls in deinem Herzensflehn, nur mit den Händen deiner Güte ist die Fülle Meines Stroms von Milde und Gerechtigkeit zu greifen.

Seinsvereinen ist in Mir das Alphabet der steigenden Gedanken, Seinslust die Vigil unendlichen Erfüllens der Gesetzlichkeit in Meinem Fluten. Trachten will Ich nach Verschwiegenheit in dir, im stillen Wachsen deiner Wesenswelt in Meiner Gründlichkeit des Treibens, denn die Lauten ziehn sich selber in Gefahr. Unbemerkt soll sein dein Gang zum Siegen in der Lauterkeit des Seinsgewissens, im Abseits der grossen Ströme Mir allein zu Willen in der Wogenei des Wundersamen. Sachte, wie die Mutterhand das Herzgeliebte, lass Ich dich auf deinem Wegbeschreiten wohlbehütet weitergehn.

2.17

Des Seins Erkennen tritt dir wie das lichte Rosenrot des jungen Tags entgegen und beglückt dein Seelensein, allwie die lautre Liebe in der Jugend Flor. Du könntest jauchzen, wenn du so den Kelch der allerhöchsten Weisheit vor dir lächeln siehst und könntest alle Welt umfangen mit der Güte deines Herzensstroms. Das macht die Weite des Bewusstseins, die Ich in dir Bin von Tag zu Lebenstagen; das ist das Unvergängliche im Kleide des Erscheinens, mit dem Ich liebvoll dich begabe.

Alles überflutend mach Ich alles froh in spielerischem Streifen; jedem Bild der Welt, das vor dich hinzieht weiss Ich Glanz und Würde zu verleihen, wenn du dich anschickst, es in Meiner Unergründlichkeit zu sehn. So säe Ich Vertrauen in Mein Werk in deiner Seelengründe zart besaitetem Revier, so bringe Ich dein Innesein im zärtlichsten Berühren zum Erklingen.

Gewaltlos überschatt Ich dich mit Meiner Gaben vielgepriesner Fülle im Vereinen; erhabenen Geblüts durchström Ich, was du bist mit ewigem Gesunden in des Freiseins makellos vor dich gebreitetem Gefühl. Wie willst du da noch zagen, wie auch das Geringste im Gefüge deines Weltgewahrens nicht für gut befinden. Alles trägt das Siegel Meines Wohlseins, wenn du tiefer gehst in deinem liebenden Beschauen, strengste Züchtigung ist nur der Ausdruck Meines Sehnens nach der Heimkunft aller noch im Irdischen Verkrampften, denn sie fesseln, was Ich in die Freie liess.

Dir Bin Ich nah, allwie die Windsbraut im Erscheinen, leichten Flugs verfolg Ich deines Schreitens Zug im Wandelbaren und verwandle dich ins Sonnenhafte der Unsterblichkeit, indem Ich Mich in dein Gewissen strahle. Lass dich, Meinem Sein ergeben, immerzu bezaubern von der Süsse Meiner Melodie im Herzerklingen, weide dich am Wesen Meiner

Sanftmut, das dich wie das helle Sonnenleuchten warm umfängt im Zeitenlosen.

2.18

Die Arten des geheimnisvollen Winds in Meinen Gärten sollst du von Mir spüren, liebe Seele, im Erklingen Meiner Melodie des Auf- und Nieder-schwebens. Ich vertraue Mich dir an, wie sich die Traulichen im Liebeslied vertrauen, rettungslos und schön. Das macht, dass in der stillsten Stunde Ströme des Erbauens dich umfliessen, satt von Weisheit, sanft von Güte und beladen mit dem Zauber Meines Seinsgewissens.

Wie die weissen Schwäne gleiten Meiner Worte Wesen vor dich hin, die Wonnen deiner Blicke zu erhaschen im unendlichen Getriebe. Wie des Glücksrads Zaudern dreh Ich Meine Runden deinem Sinn und lasse Meiner Weisung Wohlbedachtheit seelenruhig vor dir stehen, deine Seligkeit zu potenzieren.

In des warmen Blutes sinnliches Gepränge lass Ich dein Empfinden fliessen, Meinem Werben zu um heiteres Begreifen Meiner Allgesetzlichkeit im Weiselosen.

Im Entzücken des Erfahrens Meiner Wesensnähe bist du wahrhaft schön, madonnenlächelnd in unend-lichem Genügen. In die eigne Unschuld legst du Meiner Gaben funkelndes Geschmeide und be-schaust es, atemlos, wie eine, die ein Gott voll Zartheit in die Seite stiess.

Du trachtest nach Gewinnen immerzu und gewinnst Mein Sein in langgedehnten Zügen deiner Alchemie. Was sich in deine Heimlichkeit geschlungen, ist die Sehnsucht nach der Freie Meines Wortverspielens in der Bilderhaftigkeit des Überströmens Meiner Phantasie. Wie Blumenwiesen vor dem Augen-blinken. überwältigt dich Mein Tönen. Sanfterweise führ Ich deinem In-Mir-Sein die Lieblichkeit der Sphären ins Gewissen und begabe dich im schauenden Entschwinden mit dem Glänzen Meiner Sternenaureole.

Erst in diesem Schmucke bist du, eine Bräutliche, berufen Meiner Glorie Gespiel zu sein in wundersamen Tänzen, in der Harmonie der ewigen Wonne, die sich im Vereinen in dein Herzblut schmiegt.

2.19

Hast du deine Ichheit überwunden, Bin Ich alles, was du bist in dir, du stehst dir selber nimmermehr entgegen. Gelobt der Tag, an dem die Einsicht dich beflügelt, dass du Meiner dich erfreuen kannst, indem du nichts mehr an dir gelten lässest, was nicht Ist in Mir. Wahrlich deine Wunder wirst du dann erleben, weil Ich alsobald zum Schauplatz Meiner Taten dich erhebe.

In dir wirkend schau Ich dann mir selber in die Karten und bewege deiner Finger Lauf auf dem Papier, Geschwisterschaft zu grüssen. Lang und innig ist Mein Weilen in der weitgeschwungenen Glorie deiner Kür von Meinen Gnaden; goldrichtig, was du immer äusserst in des Sagens feingeschliffner Politur.

Geringes und Erhabnes siehst du nach Mir tanzen, ohne dass es weiss um Meines Innewohnens Startbefehl. Betrunknen gleich verlieren allsoviele sich im Taumel der Geschäftigkeit, derweil du sicher stehst in Mir und Meinem In-dir-Schreiten.

Gewahre Mich im Zauber deiner Liebenswürdigkeit, wenn du, die Welt betörend, ihr den Hof machst, wie der edelsten der Damen. Rette dich ins Sein solang du's noch vermagst, Mich hinter allem Schein in Andacht und Verschwiegenheit zu schauen.

Mein Vollenden und kein andres macht dich gross im Wandel der Gezeiten. Alles, was du, Früchte sonder Süsse treibend, vor dir bist, ist Meines Blühns Erfolg im Widerstreit der Weltendinge.

Mit Verwunderung schau Ich dich an und lese aus den Falten deiner Züge Meiner Sendung unerschöpflichen Elan, mit dem Ich alles im Allgründen Meiner Wirklichkeit belebe. Du an Mir, wie eine Puppe an den Fäden ihres Wahns im Selbstverführen, du in Meinem Lieben alles dessen, was Ich liebend Mir erschuf im überirdischen Beseelen.

Wesenhaft an deines Herzens Hofe lockt Mein Minnesang dich in die Weiten Meiner Höh und lässt dein Schauen sich in Meinem schicksalslosen Seligsein verblauen.

2.20

Lohn des Willens Meine Meisterschaft zu klären im bewussten Weltverstehn. Ich trage Schätze des Behütens vor dein Schauen, lass die lautre Weisheit vor dir hin- und widergehn in überwältigendem Wortverspielen.

Nimm dich Meiner Gaben liebvoll an, indem du selber sie vergibst von Mensch zu Mensch, von Seel zu Seele im Bewusstsein deiner Seinsnatur. Du stehst im Offenbaren Meiner Huld, wenn du dein Herz nach aussen kehrst im Weltempfinden und gerade jenen dich empfiehlst, die herzlos sind in ihrem schattenstrotzenden Gebaren. Immer sind die Reinen zum Vereinen ausersehn mit dem, was sich entfernt hat von der Makellosigkeit der Sphären. Immer trachten sie nach dem Begüten aller Wesen, weil das Erkennen ihrer Seinsgeschwisterschaft sie durch die Lebenszeiten führt.

Sei du berührt von Meinem Wohl wie Espenlaub vom Windhauch im Vorüberziehn. Ergib dich Meiner Inbrunst im Beseligen, als wäre nichts mehr da, was dich im Dasein hält verlockend und gediegen.

Behutsam lass Ich Lichtkaskaden deine Wesenswelt durchfliessen. Eng und enger ziehe Ich die Kreise Meiner Gegenwart um dein Befinden, bis die Helle dir begeisternd ins Erkennen blitzt im Seinsgewahren.

Schrift um Schritt erheb Ich Mich in dir ins sternenräumliche Betrachten deiner Ruh im Allbegreifen. Vater aller Wonnen, weih Ich dich der Wirklichkeit des Seins, das Wirkgewand der Schatten überglänzend auf geheimnisvoller Spur.

Verleihend Sicherheit dem Werden deiner Künste, reih Ich Reih um Reihe Meiner Lichter vor dich hin, die Finsternisse deines Aberglaubens zu verscheuchen. Helle, Glanz und Strahlen Bin Ich unverwandt in deinen Runden, dass du vollendest wie die Schnuppe deine Sternenbahn.

Sei die tiefbeglückte Trägerin des Siegels Meiner taubenzarten Niederkunft in die Gefilde deines Seelenseins im Makellosen.

2.21

Meine Sicht ist Sicht vom Jenseits zu den Ufern deiner heimatlosen Wirklichkeit, Mein Sein in Wonne deiner Sehnsucht Ziel. Dabei ist deiner Ansicht Sitte von der Meinen bloss um weniges verschoben, doch schon dieses lässt dich nur die halbe Seite der Allherrlichkeit besehn.

Sein vom Sein bist du und willst es nimmer fassen, Wesen Meines Inneseins in Herzensgründen, blind vor deiner eignen Majestät. Nacht um Nacht, solange will Ich dich berufen, bis du auferweckt der Zartheit Meiner Triebe dich erinnerst und beglückt dem flüsternden Begaben dich ergibst, im lauschenden Gewissen. Meiner Stimme Labsal ist dein Wohl, Mein Rauschen streift dich wie der Schatten eines grossen Vogelflugs im Blauen. Reich Mir doch die Hand zur Bruderschaft der Sterne, die sich seinsbewusst um Meine Mitte schart, die Wesenstreue zu' besiegeln. Trag dich ungesäumt in Meines Buchs Wahrhaftigkeit, den Bund mit deines Zeichens Gutwill zu versehn, an Meinem soll's nicht fehlen.

Spürst du Einheit, bist du Meinem Dich-Begaben auf der Spur, Gerechtigkeit und Weisheit werden dich vollends mit Mir vermählen. Meine Herzensgüte bringt den Reinen aberviel, nur dass du niemals zauderst, im Erwählen Meiner Einzigartigkeit, die Dinge mit Vollenden, Fülle und Entzücken zu belegen.

Wahrhaftig Bin Ich deines Ausdrucks strahlendes Erfinden, Bin dir wie Täubchengurren auf der Schulter nah, dein Hiersein mit Vertrauen zu bekränzen.

Lächelnd sollst du dich in Meinem Schutz dem Brüllen des Titans entgegenstellen, liebevoll dem Blitzen seiner Augen Meiner Güte Pfand verschenken, seine Ungeduld geflissentlich zu zähmen.

Raschen Fortschritts Zeichen ist dein wachsendes Vermögen, dich in voller Losgelöstheit in den Schwingen Meiner seinsumspannenden Barmherzigkeit zu wiegen. Weich und zärtlich Bin Ich deines Wohlseins liebender Gefährte, sanften Gleitens übergleit Ich deiner Seele Sanftmut in der Sinnenruh.

Wesensgleich und gleich begabt im Tauschen, lass Ich des Erkennens Gold in deine Taschen fliessen und verseh dich mit der Lichtheit Meiner Züge.

Strahlenden Gewinnens kür Ich dich zur Siegerin in Meinem Spiel des Liebens aller Dinge Meiner schaffenden Manie, des Selbstvertrauens und der überidischen Potenz, die Ich ins Walten deiner Willkraft lege.

Sei in diesen Zeichen Meines Alldurchdringens vor dir selber licht und schön.

2.22

Abgestimmt auf Mein Befinden, find Ich die Getreuen Meiner Wahl. Durch die Nacht der Einsamkeit und Leere send Ich ihnen Meiner Allbewusstheit Strahl.

Bilde werkend deinen Zügen Meines Bildes Züge ein, dein Menschsein mählich zu vollenden. Freiheit nenn Ich, was du dir erschaffst auf deinen Stufen oder liegen lässest in der Qual des Aneinanderreihens Meiner Gottnatur. Du bist's der sich entscheidet für den Abglitt ins gesüsste Nichtstun oder die bewusste Tatenlosigkeit in Meinem Indir-Klingen.

Wie dem Kind nach langem Fremdsein, eil Ich deiner Heimkunft väterlich entgegen und umfange dich mit Zärtlichkeiten noch und noch im feierlichen Dich-Begrüssen. Komm zu Meiner Mitte Seinserhabenheit in deiner Runden Vielzahl treulich und gestählt von Meiner Kraft hinan. Lass dich unbesorgt an Meinen Tischen nieder, ohne nach dem Wie zu fragen in des Herzens gläubigem Asyl. Aus der Fülle Meiner Unbedingtheit will Ich dich mit jedem Wunsch begaben, den du lautern Sinnens in dir hegst, die Schöpfungsdichte zu ergänzen. Zeige Mir den guten Mut in deiner Einfalt, das zu Leistende in Wirklichkeit zu tun im Bunde mit dem Wunderwirken Meiner allbegreifenden Natur.

Schon bringt Vollbringen das Vollenden in dein Sein und lässt dich wie die Biene summen in Glückseligkeit vom Nektar der beflognen Blüten. Süssen Taumels reise durch die duftende Allräumlichkeit von Meinen Gnaden und begnade, was du bist, indem du dich erinnerst an die Herkunft deiner sinngeladenen Bravour.

Ich Bin, in dir Mein Sein zu feiern allzeit, hoch und her und in der Seligkeit des lauschenden Vereinens das Erfüllen in den Wind zu giessen Meiner zarten Spielgewandtheit im Allraunen. Deiner losgebundnen Bänder Farbenflattern schau Ich wie von Sinnen in der Freude des Erkennens deiner Liebesspur.

2.23

Gross in Meiner Grossmut überragender Manier beginn Ich, dir behutsam deiner eignen Herrlichkeit Gebinde aufzuzeigen. Was du bist im Wesen deiner Weltgewandtheit, kann sich nur aus Meinem Innesein erklären, grandios intim. Erfährst du dies, indem du dich in Meinem Sinne äusserst, hat die Stunde des Erkennens dir geschlagen.

Was erstaunt es dich, wenn Ich am Wohllaut deiner Hochgestimmtheit Mein Gefallen finde. Was greifst du dir ans Herz, wenn alle Herzlichkeit der Welt sich aus dir drängt, der Seinsgeschwisterschaft im Menschenbund entgegen.

Ich hab Mich in die Glorie deiner Nonchalance gelegt, wenn du's erfassest deiner Welt wahrhaftige Grandezza zu erweisen. Ich Bin dir treu in selbstverständlichem Beginnen, wenn Mein nie endendes Erkraften dich durchströmt, Mein Werk an dir und durch dein Walten in äonenträchtigem Gedulden zu vollenden.

Mein Vermächtnis trägst du durch die Strassen deiner Zuversicht, im Schreiten; Meine Würde hältst du im Bekennen deiner Reinheit hoch, im reinen Selbstbewahren.

Wenn Ich schweige, sollst du in den Taten deiner Menschenfreundlichkeit voll Liebe von Mir reden; wenn Ich deine Schritte lenke durch's Gestrüpp der Unverständlichkeit, vergiss nie, Meiner Weisheit Strategie zu loben, denn Mein Aberwissen offenbart sich am bedeutendsten in deines Handelns Agonie.

So Bin Ich deines Seiens Ursprung und Vollenden, Bin jetzt die makellose Seligkeit in dir, des überragenden Begreifens Meiner Seinsnatur.

In Meine Himmelswelt erhoben, strahlen dir die Sterne ewig heiter Mein Bedeuten zu und locken deine Seele lächelnd ins holdselige Entschweben.

Du in Mir und Ich in dir in jeder Weise des bewussten Allerfüllens, Mein Umfangen in der Herzlichkeit des Augenblicks, die dich im Innersten betrifft aus einem liebevoll zu dir gesenkten Menschenaugenpaar.

Glanz und Stille

3.1

Liebe,Licht und Himmelssegen sei das Pfand in deines Wesens Ruh, dich wunderbar emporzuführen. Makellose Stille, innen, aussen, zeige dir den Weg in alle Weiten deines Seins im überirdischen Gewahren. Alles ist nun gut und Güte der Allherrlichkeit, jede Geste deines Lebens wird von Kräften des Beglückens und Begeisterns ganz durchseelt und bringt dir Heiterkeit und Frieden. Wache auf im Rosenlichte des Vergebens, kleide dich in Festlichkeit und Würde und verleih dir selbst den Glanz des Göttlichen aus ewigem Begründen.

3.2

Harmonie der Welten, Ebenmass der Zeit, Glückseligkeit im Wesen der Natur, wenn du sie spürst in deinen Gründen. Anmut, Würde und Gediegenheit begleiten dich von Tag zu Tagen, sowie du ihrer inne wirst in deinem Suchen. Wie der Vogel folge deinem Pfad und traue dem, wozu dich edelmütige Motive führen. Immer Bin Ich da in deiner Wesensmitte, dir ein Wort des Trosts zu sagen, eine Bitte auszusprechen, eine sanfte Mahnung oder Lobung nach vollbrachter Tat. Ohne Zögern wende dich Mir zu und sei Mein Lied und Meine Wonne in der Seligkeit des Weilens.

3.3

Dein Herrn zu dienen heisst: Im Sein zu stehn und in der Folgerichtigkeit der Sphären. Kein Land, kein Wirkgewand, kein Streben aus der eignen Positur kann soviel Charme besitzen, wie die Leuchtkraft Seiner Gaben. Nur dass wir es verstehn in einem Akt der vollen Hingegebenheit das aufzunehmen, was uns frommt und damit das zu tun, was wir seit

Anbeginn zu tun bestimmt sind in der Fülle Seiner Gnaden. Glückselig, wer sich so verhalten kann und aller Weisheit kundig, wer im Bunde mit dem Absoluten festen Tritts die Tale der Lebendigkeit durchschreitet.

3.4

Das Sosein in den Wundern des Lebendigen sei dir ein Zeichen für das Wirken wunderbarer Gnaden, die dich reich durchströmen. Du brauchst sie nur zu fassen, wie man Quellen fasst in Becken stiller Sammlung. Ihrer innewerden sei dein Los und schon bist du in Licht getaucht des seligen Erinnerns. Denn deinem Ursprung sollst du wieder gleichen, indem du Anschluss findest und Gediegenheit an ihm. Erwachend stehst du dann wie neugeboren, von den Strahlen eines Rosenmorgenschimmers sanft umhüllt und wie in Engelschwingenflaum aufs zärtlichste geborgen.

3.5

Morgenfeier im Wohlklang der Stille. Nie versagendes Ich Bin im Reinen. Ja-Wort zum Allraunen der Geschöpflichkeit im Werden neuer Welten. Namenlose Zartheit ist in Meinem Wirken, unaussprechliches Genesen Meine Spur. Dem Lächeln der Holdseligkeit dahingegeben erlausche Ich den Sinn in Meinen Wundern. Weben, Wandeln, Weihen, Wohlverstehn ist wahrhaft schön und trägt die Züge stillen Glücks, die aus dem Weiselosen sich erheben. Die Gerechten Meines Himmels machen alles gut. In Wesensnähe binden und verbinden sie der Dinge Überfluss zur Harmonie des lieblichen Gestaltens und gewähren allem Leben Wohlbefinden, Wonne, Zartheit und Versöhnen.

3.6

Bau ein erleuchtetes Haus und wohne darin. Dazu Bin Ich dir Pfad und Weisung, Bin dir Augenmerk und Trost und labe dich am Ausgang deines Strebens. Lass von Mir dich führen in der Tat, lass Mein Antlitz leuchten über dir und scheu dich nicht, Mein Bild für alle Zeit in dir zu tragen.

Grosses steht dir noch bevor in Meinen Gauen, Wunder über Wunder heiss Ich dich vollbringen in Meines Namens Zier, in Meiner Güte und in Meiner Unbedingtheit vor den Augen einer auserwählten Schar. Dir zum Zeichen sei das Licht gegeben, das dein Innesein fortan durchströmt.

3.7

Das Schwere verdunstet im Licht und wird leicht wie die Winde des Südens, die alles Lebendige liebend verklären. Nicht länger abseits zu stehn sei deines Handelns Bewähren. Im Raum der Einheit der Gewalten darfst du auferstehn zu freudigem Erwarten, Wohlgefühl und Harmonie. Vom Leben lässt sich nichts ertrotzen. Alle Dinge wollen sich in Leichtigkeit vollziehn im Fluidum der Sphären. Das Gewirkte löst sich sachte auf, um neuem Wirken Raum zu geben; merk dir dies und schau den Fluss der Zeiten hebend, staunend und voll Trautheit an, derweil du ihm dich voll Vertrauen hingegeben.

3.8

Betreibe das Geschäft des Lebens wie ein Spiel von namenloser Süsse. Nimm jeden Anlass als ein Fest des Lernens, des Geniessens, des Eroberns, des Verschenkens, des Gewinnens, des Entsagens in der ungeheuren Vielfalt deiner Möglichkeiten. Alle sind sie dein und wahr und weise und ein Lächeln auf dem

Antlitz der Urmutter Zeit, die alles in sich trägt, was wir als Gegenwart empfinden. Sei ihr wohlgesinnt und trag ihr niemals etwas nach, denn dein Bewusstsein schafft in ihr die Wirklichkeiten deines Daseins. Liebe und verzeihe und behüte jedes Ding in seinen eignen Nöten. Heiter sei und froh von Tag zu Tagen in der allgemeinen Heiterkeit des Seins, dem du entsprungen.

3.9

Wie schön, dass alle Dinge sich in ihrer Gegensätzlichkeit vermählen. Streift dich ein Windhauch, gibst du dich wohlig hin, verzaubert dich ein wehendes Gedankenspiel, bist du beglückt in Seelentiefen und erfährst die Einheit allen Lebens, Webens, Wachsens und Vergehns. Deine Augen pflücken Blümchen von den Wiesen und bewahren sie im Herzgefühl. Dein Sehnen will sich in die Weiten heben einer fabelhaften Welt, weil es aus ihr entsprungen und zur Quelle heimwärts strömen will in unerschütterlichem Fortbewegen. Sich selbst zu trauen ist bezaubernd schön und an der Dinge Überfluss zu glauben, die uns mild umgeben, wie ein Märchenland im Ewig-Grünen.

3.10

Natürlichkeit in jeder Weise unseres Gehabens sei das Ziel. Was wir auch sind und sinnen sei von nichts behindert, was wir immer tun, sei reines Sich-Entfalten in der Freiheit wundervollen Raumgefühls. Die Ären auf dem Feld sind so, der Mohn in ihren Mitten und die Vögelein, die in der Sonne ihren Reigen spielen. Mögen sie uns unsrer eignen Schöne Zeichen sein und uns bedeuten, was wir noch viel mehr an hundertfältigem Entfalten leisten können.

Immer sei Natur uns Vorbild und beglückendes Erinnern und ermahne uns, den Weg der Unbeschwertheit und der Friedefertigkeit zu gehn.

3.11

Mit den Sinnen führen wir uns in die Welt der Dinge unbedingt und wahr. Im Erkennen sind wir Zeugen eines höheren Wesens, unantastbar von der Vielfalt der Geschäftigkeit in reinem Wehn. Beides zugleich zu erfahren ist die Sehnsucht aller Seelen, ist das Freisein in der Zeit von aller Not. Wachsend und gedeihend sind wir auf dem Pfad zum ewigen Vermählen und begleiten die, die in Geschwisterschaft mit uns verbunden durch den Lebenstag. Freudevoll sei er in allem, was wir tun und denken und von Licht und Seligkeit durchströmt.

3.12

Aus Gegenwart und Stille in die Zeit geboren trachte Ich nach Einheit in der Vielzahl Meiner Glieder. Mein Ruhm ist Meine nie versiegende Wahrhaftigkeit, Mein Seinliegt im Erkennen Meiner selbst am Saum des Weiselosen, dessen Gründen Ich mit Urgewalt entsteige. Wie aus Hirn-meln der Holdseligkeit verwehe Ich Gedanken in den immerblauen Äther und entzücke Mich daran, im Mich-Entfalten sie zu sehn in wunderbaren Harmonien. Im Wesenhaften scheinen sie sich selbst gezeugt zu haben, sich dem Hintergründigen entwindend im Bewusstsein ihrer unverwechselbaren Würde und im Aufblühn der Ideen ihrer eignen Wahl.

3.13

Wo Ich weile steigt der Urgrund aller Wesen aus dem Lichte der Allherrlichkeit, ins Wo-Ich-Bin kann nur Ich selber Mich begleiten. Trinkend aus der Quelle der Wahrhaftigkeit und ins Gelispel der Glückseligkeit versinkend webe Ich am Tuch der tausendfältigen Gedanken und versinne Mich ins Sinnen der Geschöpfhchkeit in seinen Wundern. Makellosen Seinsgebarens füge Ich Vollenden ins Gewind der Zeiten und verfüge über Meiner Kräfte unerschöpfliches Idol. Ins A und Amen eingeflochten, jeden Dings, bewahre Ich der Dinge Überfluss im Guten und gereiche allem Sein zum Heil aus unaussprechlich heilen Gründen.

3.14

Glanz und Stille in der Einfalt des entzückten Wesens. Liebevolles Mich-Erinnern an die Glorie des Auferstehns ins makellose Sein der Sphären, in die absolute Sorgeniosigkeit und das Verweilen in der Wonne des Begreifens. Wachsamkeit und Wohlverstand sind hier vonnöten. Brillantenes Bewusstsein trägt die Seele himmelan und läutert sie, dass sie ins Brautgemach des Allerhöchsten steige. Stumm vor Rührung und zugleich bewegt zum leisen Singen der Holdseligkeit, gewahrt sie sich in ihren Schleiern und verneigt sich vor dem Majestätischen, das ihr entgegentritt im Lichte wunderbarer Milde und im Duft, der aus dem Weiselosen sich verströmt voll Liebe, Sanftmut und Gedulden.

3.15

Zum Erleben aller Lieblichkeit der Welt geboren gehst du offnen Herzens der Natur entgegen und empfängst von ihr den Wohllaut reiner Farbenfülle, Vielgestaltigkeit und Daseinsseligkeit in ihren Wundern. Was du von ihr hältst ist deiner eignen Haltung Spiegelung im Leben. Kannst du dich in ihr bewegen wie im Zaubergarten der beständigen Beglückung, trägt sie dich mit Riesenschritten stets voran; hemmst du ihren Lauf, hemmst du den deinen mit der Widerborstigkeit, die dich ergriffen. Tu ihr immer wohl und gib dich hin in ihr Begründen aller Lebensdinge so voll Zartheit, so von Weisheit und Gerechtigkeit begleitet, dass sich alles noch zum Guten fügt, was du in ihr begonnen und in ihr vollenden wirst.

3.16

Aufs Geratewohl geboren, werden viele Dinge sich als Wunderwerke der Natur erweisen, die aus ihrem Wesen Faszination verströmen. Frisch gewagt ist halb gewonnen in des Lebens weihevollem Saal. Wo es sei, verbreiten wir ein Lächeln, wenn wir nur spontan sind und den Einfall walten lassen. Wo des Geistes Winde wehn, erzählen die Gebinde von der Freiheit des Gestaltens Hand in Hand mit Herzensfreisein, das die Schöpferkräfte uns so liebevoll gewähren.

3.17

Was immer du erwägst, ist in den Nächten deines Dämmerns Mein Erwägen. Was dich betrifft, macht Mich betroffen in der unbedingten Einheit aller Wesen. Stell dich dir selber vor und wisse, dass Ich Mich stelle auch in dir. Zähl die Stunden deines Lebens, doch hör auf, in dir die Unvergänglichkeit zu zählen. Weide dich am Wohlklang Meines Seufzens ob dem Schneckentempo deines Weitergehns. Wie schwer ist's zu begreifen, dass Mein All in deinem Wesen sich verkreist und alles sich in Mir erfüllt in deiner Fülle. Hoffe auf den Blitz der Klarsicht, der dich Meine Dinge schauen lässt im ewigen Bezug.

3.18

Im stillen Hain verströmt sich Meines Willens Wohllaut, hohe Kräfte fahren in die Unbedingtheit Meiner Gaben. Allen Wesen Heil bereite Ich aus nie erkannten Hintergründen. In die Weise Meiner Weisheit stimmen alle ein, die sich vertrauensvoll auf Meinem Weg bewegen. Was hab Ich dir getan, wenn nicht Mein All dahingegeben, was leitet dich in Wahrheit, wenn es nicht Mein Wille ist in stetem Unterweisen. Nicht deine Klugheit, Meine ist am Werk im Strom der Daseinsseligkeiten; was du Vernunft nennst, ist von Mir ein Abglanz in der Reihe deiner Erdentage. Dieses wisse stets von Mir.

3.19

In Lieb und Güte trag Ich Mich dir an, umfangend dich mit auserlesner Zartheit, wie mit Engelflügelflaum, in deinen Schauern. Was du fühlst ist reine Freude des Geborgenseins in Mir, ist Wohllaut des Gerechtseins vor dir selber und des Einigseins mit Zeit und Ewigkeit in unaussprechlichem Gesunden. Alles ist so gut, wie es sich bildet und vergeht; in jeder Phase deines Werdens wird ein Göttliches vollkommener in dir und macht dich fähig, alles tragend zu ertragen, wissend zu ergreifen und zugleich im Seligen des Seins, als in der Fülle des Beschaulichen zu ruhn.

3.20

Lass es zu, dass Meiner Engel einer dich behüte, wandle, was du bist ins Hoffen auf das Seelenebenmass, in dem dir alles wohl gelingt, was du begonnen und in dem die Dinge sich zu deinen Gunsten wenden. Weihe dich dem Sein in deinen Gründen und vernimm, wie Es mit Urkraftschwingen dich belebt und leise, leise dich zur Ruhe führt, im Schreiten. Im Liebelicht besehn ist alle Welt ein wundervolles Brausen. Das Gold der Tage glänzt so schön, am Morgenlichte weidet sich die Seele und beglückt sich an der Gegenwart der Stille im Geheimen.

3.21

Trau den Mitteln, die das Leben sich erwählt, dich weiter bis zu höchsten Höhn zu führen deines Menschenseins, denn alles, was dich trifft, will dich schlussendlich zur Besinnung auf das Wesentliche deines Daseins führen. Der dies dir sagt, ist etwas, das sich hinter deiner Offensichtlichkeit verbirgt und dich erahnen lässt, wie viel du noch vermissest an umfassendem Erkennen in der Blüte deines Lebensstils. Allmählich wirst du mehr und mehr erfahren von den Kräften, die dich still und stillend in unendlich abgeklärtem Weisesein umgeben und dich liebevoll behüten wie ihr Kind und Kleinod, dem sie nur das Beste wünschen auf dem langen Weg des Seinserkennens auf der Götterspur.

3.22

Aus silberhellen Höhn fliesst deinem Stillesein der Wohllaut wunderbarer Harmonie entgegen, aus den Sphären reinen Glücks gewinnst du deines Lebens Hochgefühl im Staunen. Was die Dinge wahren Seins dir präsentieren, ist vollendete Gelöstheit in der Sicherheit des Absoluten; was das Wesenhafte dir vermittelt, macht dich innig froh und leitet dich zu Flügen der Begeisterung, die ungestüm und ungehemmt in alle Winde gehn. Du missest deinen Kräften Unerbittlichkeit, unendliches Gedulden und Gewinnen zu und trägst dich ein ins Buch der Glorie-Schaffenden im hehren Weltenplan.

Immer sind die Tore offen: Deinem Wirken auf der Spur des genialen Einfalls, der galanten Schönheit allen Lebens und der fliessenden Brillanz, in der die grossen Dinge sich vollziehn. Du selber öffnest dir die Siegel, wenn du hingehst und dem Würdevollen, Grandiosen seinen Lauf lässt, das sich aus dir offenbaren will. Aus Natürlichkeit und Feingefühl geboren trachten die Gedankenwesen, die du schaffst sich zu verwirklichen im Sinne deiner Vaterschaft im Wohl und Wehe ihres Werdens. Alles sei dir rein und schön in deinem Denken und Gefühl, bevor du es ins Eigensein entlässest in der Unermesslichkeit der Sphären.

3.23

Das Wesenhafte ruht in seiner eignen Schöne und erscheint wie hingegossen aus Glückseligkeit und Frieden. Aus der Stille seines Daseins strömt dem Auge Zuversicht und Lebensmut entgegen, in der Anmut seiner Züge webt es unentwegt gestaltendes Gerechtsein. Wirksamkeit und Fülle sind die Attribute seines Handelns und erwecken Frohmut, Beifall und Begeisterung. Fortgesetzte Wachheit ist wie Licht vom Lichte und gewährt dem Wesen das Erschauen des Unendlichen, das in den Dingen west und ihnen Charme verleiht und Güte und Genügen.

3.24

Satz und Gegensatz im selben Zuge. Ausbund der Geschicklichkeit im Wahn des Allvermögens. Nur das Sein ist gänzlich in sich selber wahr und atmet Licht in ewig lichten Zügen. Was wir sinnen, sinnt auch Es. Bedenke, was das heisst und sinne Weisheit und Erhabenheit in vollen Zügen. Jede Narretei ist Abstieg und muss aufgehoben werden durch die Kraft der Qualität, die allem innewohnt und sich vermehren will in sagenhaftem Wehn. Jede Geste trägt in sich die Sehnsucht nach Vollenden und wird endlich in urferner Zeit auch wahr.

3.25

Im Schicksal offenbart sich, was das Schicksal war. Wir leben gross in grossen Tagen, was wir selber und die Götter von uns wollen. Abstieg und Verwelken wird gehalten von der Unvergänglichkeit der grandiosen Kräfte, die dem Weltall zur Verfügung stehn. Das Wirkende ist nie verwirkt, das Individuelle darf sich einzeln fassen, sofern es auch im Einen glänzend steht. Nicht umsonst ist, was sich wachsend in die Höhen breitet. Der Impuls zur Güte weitet sich und mehrt die Freude an der Existenz an sich, die alle Wesen wunderbarerweise in sich tragen.

3.26

Geführtsein im Sich-führen-Lassen, die Regeln einbehalten einer Gottesprozedur: Wie anspruchsvoll, wie traut, wie wunderschön. Du fühlst das Du in deines Wesens Gläubigkeit, den Ansporn und das Licht, Bedeutendes zu leisten. Höher denn die Stimme der Vernunft, klingt die des fliessenden Erkennens in der Lauterkeit des Seinsgewissens; lieblicher ist alles so Gesagte, als der zuckersüsse Honig, der aus Wenn und Aber des Bedenkens tröpfelt. Wie der laue Sommerwind streicht weiche Weisheit über die gelösten Glieder des Beschauens und begabt sie mit Entschlossenheit, gelenkter Wirkkraft und Gewinnen. Unter ihrem Fittich wird das Leben leicht und wahr.

3.27

Unbedacht und wohlgemessen sind die Dinge Meiner Wahl; auserlesner Zartheit Fülle ist ihr Wesen und Beglückung für die Seelen, was sie sä'n. Flammenden Gesichts geh Ich einher, die Unlust zu versengen. Güte strömt aus Meinem Sein zu allen, die in Meiner Würde Würde sich verschaffen. Strahlende des Augenblicks sind sie, Verströmende der Tugend und Geliebte Meiner Zünfte. Geh ins Heil, sag Ich, und wandle, was du bist im Wandelbaren, der Beständigkeit des Ewigen zu.

3.28

Wie in wunderlichen Träumen windet sich der Menschen unzählbare Schar. Wie gestört sind viele noch in narnenlosen Schauern, wenn sie dies und jenes tun ihr lebelang und doch im Grund nicht wissen, welchem Ziel entgegen. Erst im wach gewordenen Bewusstsein wird die Weise ihres Daseins in sich selber schön. Fern von jedem Räsonieren führen sie sich durch die Lebensbahn und erfahren im Erkennen, was sich ziemt im heiteren Agieren. Ihnen werden dann die Träume wahr und klar und jede Regung des Gemüts ist ihrer Freude Flammen im Bewusstsein eines grandiosen Weltgeschehns, dem sie sich hebend hingegeben.

3.29

Aus ewigem Begründen strömt Ewiges ins Ewige, das wir zeitlich nennen aus Ignoranz, aus Unerwachtheit und beständigem Wähnen. Wer sich selbst beschaut und nicht das Ganze, sieht nur einen winzigen Splitter dessen, was er ist im grandiosen Einen. Willst du Einheit fühlen, geh hinaus aus deiner Enge und vergib dich an das Sein der Welten im Bewusstsein deines Götterwallens. Jede Wabe macht das Ganze süss und befruchtet Näh und Ferne mit dem Duft der seinserfüllten Schöne.

3.30

Grenzenlos ist alles was Ich vor Mir seh im Überirdischen Gewahren. Fabelhaft die Fülle Meines Mich-Vertuns ins Allbereiten. Jedes Filigran ist satt von Nützlichkeit und Eleganz und Harmonie in Meinem Seinsgestalten. Überwältigende Phantasie steht Mir zu Diensten und entlässt die aberkuriosesten Geschöpfe in das Wirkliche der Formen, Farben, Taten und Gefühle. Was ist alles, denn ein grandioses Spielen, ein Entzücktsein von der Fähigkeit zu schaffen, zu verschwenden, sich ins Unbegrenzte zu erheben und den Dingen ihren Lauf zu lassen in sich selber, wie gelöste Winde im Verwehn.

3.31

Willst du mit Mir in einen Garten gehn von wundersamer Schöne. Erweist sich dein Gemüt als angesprochen von den Klängen reiner Harmonie, die ihm entgegenwallen in der Atmosphäre der Beseligung in die Ich es geführt im Handumdrehn. Wie leichter Dinge bist du nun im Seinsgewissen, wie heiter und gelöst im Zustand des Beschauens der Unendlichkeit. In weiser Minne trägst du dich dem Himmel an, erfahrend seinen Sang im unentwegten Lauschen. Nektar des Begütens fliesst aus ihm in deine Seelengründlichkeit und labt dich in den Lebensschauern. Nie versiegendes Erwarten lässt dich wahre Fülle sehn, die dich im Überfluss umströmt und hütet und beglückt auf ewig, wie im Märchen, wie im Traumgemach des Friedens, den du dir ersehnt in Herzenseinfalt und Vertrauen.

3.32

Von wo Ich Meine Gegenwart begründe, halten sich die Welten in der Waage des Gerechtseins und der unermessnen Ruh. Kein Jota ist in Mir zu ändern; in der Weise des Vollendens leg Ich alles vor Mich hin im Seinsbeschauen. Ohne jedes Zweifeln oder Zimpern geh Ich siegessicher Meinen Weg und unterweise das von Mir Geschaffene im Sinn der Tugend, des Geduldens und des ewigen Heiterseins auf noch und noch gewundnem Strom. Mir macht das Treusein nicht zu schaffen, weil Ich Mir alles Bin, was ist und was Ich an Mir habe. Lächelnd tauch Ich in Mich selber in Bewusstheit und Gelöstheit für und für.

3.33

Kein Begehren, kein Entbehren, nur des Seins Behutsamkeit in jeder Phase des Empfindens. Was sich Mir ergibt, ist reines Offenbaren der Allherrlichkeit, was erhebend ist und voller Trautheit, hebt sich aus den Gründen Meines Wehns. Güte send Ich zu den Guten, Weisheit zu den Frommen und Gerechtigkeit zu allen, die sich Mir vergeben. Wachsend wachse Ich in jedem hoffenden Gemüt heran, Labsal Bin Ich jeder Wunde, die sich Mir eröffnet, Freudenfülle darf Ich jedem Herzen spenden, das sich an die Menschenwelt verschwendet. Jede Meiner Wendungen ist wahr im Sinn der Güte und des Vorwärtsgehns, nur, dass du Mir im Seligsein begegnest.

3.34

Ich Bin dein Rat, Bin deine Tat in jeder Weise des Erscheinens; bedenke dies und beuge deinen Eigenwillen Meinen Gaben. So sehr du meinst, so sehr du scheinst, es sind doch immer Meine Strahlen. In bitterm Leid ist es Mein Kleid und sind es Meines Herzens Qualen. Nimm doch mit Mir dein Alles hier voll Wagemut entgegen und nimm dich sacht, nimm dich in acht und sei nicht zu verwegen. Von Meinem Tau die Lebensau lass wohlgemut dir tränken und lass nicht zu in deiner Ruh, dass dich die Dinge kränken. Ich steh dir bei im Einerlei der kunterbunten Tage und heb dich auf zum Himmelslauf an überirdische Gestade.

3.35

Bewegt und heiter Bin Ich Meines Daseins Offenbarung; von Seelenschauern nicht berührt, erkläre Ich Mir Meiner Tugendhaftigkeit Brevier. Im Klaren, Wahren seiend, tret Ich vor Mich selber hin und halte Mir der Absicht Spiegelung vor's lautere Gewissen, um die Lebensdinge dann zu Meinen Gunsten zu entscheiden. Wie wohl sich alles fügt, wenn die Gesetzlichkeiten sich erfüllen, wie reizend sich die Welt schlussendlich vor Mir präsentiert, wenn noch der letzte Rest von Eigennutz wie Unkraut ausgetilgt ist aus dem Seelengarten. Ja, dann brauche Ich nicht mehr zu wählen. Alles fliesst und spriesst in vollem Einklang mit der Kraft des Seinsnatürlichen, gezähmt und wohlgesetzt ist Mein Gehaben und der Freihheit Würde überglänzt Mein Tun. Aufs Mal geöffnet ist der Silberknoten, aller Wege Weite führt zum wundervollen Ziel.
Was heisst nun schweigen in der Stille des Genesens, was gesegnet sein mit jedem Einfall, der die Schleusen überströmen lässt von Güte, liebevollem Mich-Ergeben und Erhabenheit des Kommenden in wohlerwogenen Zügen. Alles ist vom Sein geprägt, was sich die Sinne zur Erbauung auserlesen. Jedes Quentchen sprudelnder Glückseligkeit entspringt dem Ewigen, das Ich Mir Bin und das wie Blätter-

rauschen durch die Seele flutet im ergebnen Mich-Vertun.

Alles ist so seinspräsent im zartesten Vibrieren der Gefühle, in der neu gebornen Sichtbarkeit der Dinge, wie im Überfluss der Fülle der Ideen, die sich aus unerkannten Tiefen in die helle Wachheit drängen.

Wer aus vielen Kämpfen unbefleckt hervorgeht, ist dem Heldenhaften zugetan, wer der Stimme der Vernunft weiss zu gehorchen und sein Handeln einschränkt nach dem Mass des gut gefassten Willens, darf sich Sieger nennen. Lauterkeit und Liebefähigkeit sind hier vonnöten und Verzicht auf jedes selbstische Gefühl.

Getrost die Welt zu trösten geh Ich aus und folge Mir auf Schritt und Tritt in jedem Wesen Meiner Seinsgeschichtlichkeit, es in die reingebliebnen Sphären Meines Gegenwärtigseins zu führen. Beseligt und erhaben nehm Ich doch tiefverwandten Anteil am Geschick der Wankenden und Bin ihr Starksein, ihr Besinnen und ihr Wagemut im Schreiten.

3.36

Trost im Wachsein, Heilung im Bewusstsein der Allherrlichkeit. Eine Welt in hundert Nöten. Ein Vertrauen-Fassen in der Glorie des Herzens vor dem Tor. Wie die reine Morgenröte steigt Erkennen vor das Auge deiner Seele und bewahrt sie in der Liebe des Gerechtseins und der Eigenwürde. Tau von Himmels Gnaden will sie ganz bedecken und ihr Sein dem Lichte weihn der Freudenfühligkeit im Reinen. Was dich bindet lasse los und ehre, was sich dir verschenkt im Wunder wahrer Eintracht, in den Schätzen der Natur und im Bewusstsein dessen, was Du Bist in unnachahmlicher Grandezza und im Sieg der Gotteswesenhaftigkeit im tätigen Begründen.

3.37

Ausser dem erweise Ich Mir Reverenz in vollen Zügen. Meine Anmut ist die Wachsamkeit, Mein Mit-Mir-Einssein Meine Stärke und Mein Glück die Klarheit Meines Schauens. Im Stillesein vernehm Ich, was Ich Mir bedeute; im Lichtglanz Meiner selbst bereite Ich Mir reine Festlichkeit im Rauschen der Gefühle, in der Kraft des Schaffens neuer Angelegenheiten. Ton im Tönen, Klang in Klängen, Meldodie in Sinfonien Bin Ich Mir, derweil die Rosen des Entzückens blühn in Meinem Garten. Das Verweilen ist der Unberührtheit eines Spiegelseeleins zu vergleichen, die Gedankenfülle einem Lodern vieler Feuer auf dem Feld der strömenden Vernunft im Klaren.

3.38

Das Blau und Grün der Dankbarkeit und Hoffnung hebt die Seele himmelan und eilt, ihr neuen Schwung zu geben. Gesegnet ist, was wir nun hier vollbringen, gebenedeit, was aus den Sphären zu uns fliesst, den Erdraum zu beleben.

Nimm es als Tau der hundert Gnaden, der dich mild umströmt, als Gegenwert des Leidens, das sich weisen Laufs an dir vollzieht. In wilden Wogen überfährt dich, was dich reinigt von den Weltenbürgertumallüren. Sanften Nachklangs offenbart sich dir die Zärtlichkeit des Überirdischen, in dem du hier schon Heimat findest und beglückendes Erwählen. Wahre Trautheit hüllt dich wie mit Mutterarmen ein im Hort des ewigen Genügens, von der Pilgerschaft erlöst.

3.39

Dass Ich Bin macht alles gut. Dass Ich werde in Mir selbst, erklärt sich aus der Drangsal, die Ich leide. Wie aus hundert Strömen fliesst aus Mir das Leben in die Myriadenschaft der Wesen, wie von Todesschatten überstreift gehn sie dahin und sind doch Meines Seins unsterbliche Gebärde in der Wiederkunft des strahlenden Bewusstseins hier und dort im ewigen Auferstehn. In Glanz und Friedefertigkeit erhebt sich, was Ich Bin, aus jedem tränenvollen Weh, es betet an im Raum der Schrecken und gewährt sich Ruh und Ruh und Ruh. Wie Minnesang aus rein gewordner Kehle tönt Mein Lied dem Wesen der Allherrlichkeit entgegen; wie auf Schwingen wunderbarer Gottesgunst fühl Ich Mich sanften Flugs dahingetragen, wo die Rosen der Holdseligkeit Mir blühn und Gärten des Beschauens offen sind dem wachen Sinn im Überdauern. Im Licht der Anmut seh Ich schon die Freude vor Mir hergehn, seh den endlichen Triumph des Wunderbaren, das Mich wunderbar belebt und staune ob der Wiederkunft der Kräfte in der Seelenharmonie. Wie wenig und wie viel ist doch in einem Augenblick des Seins zu leisten, wie wahrhaft muss Ich sein, um das zu kennen, was sich scheu und zart verbirgt in Meinen Gründen. Tapferkeit und Mut, Geduld und guter Wille sind vonnöten, um zuzeiten ganz in sich zu gehn, die letzten Dinge zu erforschen und Aug in Auge mit dem grossen Hüter dazustehn. Das Ja zu allem hilft die Schwelle überschreiten zur Unendlichkeit des Seins im Jubel des Erkennens, in der Losgelöstheit von der Erdenschwere, wesend doch in ihr. Wie mächtig ist das Wirken doch der Geister des Erinnerns, wenn Ich barhaupt und voll Zuversicht vor ihnen steh, den Schlag des Lichtschwerts zu empfangen, um dann in die ewige Freude einzugehn. Der sei gelobt, der wirkt im Sinn des unerschöpflichen Verwandelns; der sei gepriesen, dessen Saum wir sind in Armut, Weh und Klagen, wie im überbordenden Beseligtsein von Seiner Würde in der Zartheit Seines Inneseins im Sehn.

3.40

ImGlück der Stunde darf Ich nun das Mal der Losgelösten, stumm vor Seligkeit, ertragen. Aller Ängste bar erweist sich, was Ich Bin, als das vollendete Idol des göttlichen Berufens. Rein im Reinen, leicht im Leicht-Sinn des Vergnügtseins darf Ich mit der Seele Freuden tanzen. Auserwählter darf Ich sein zur Rechten dessen, der voll Liebe Seiner Schäfchen sich besinnt und ihrer Treue Samen streut des köstlichen Erlabens. Wie Hirt und Herde eins im Allnatürlichen, darf Ich der grossen, heitern Weiden mich erfreun des Lichterscheinens und des innigen Trostes in der Weise des holdseligen In-Mir-Beruhns.

3.41

Ist das nun der Abschied. Nein, es sind Geburtswehn für das Auferstehn in neue, grossgelegte Weltentage. Eine Stimme wie ein Lichtgesang erklärt sich Mir in wunderbarer Weise und verkündet das Vermächtnis Meiner Zeit als Botschaft des erhabenen Besinnens. Flügelleicht und wahr ist, was Ich nun erfühle und im Lichte des Erkennens seh, denn in der Hochgediegenheit der Sphären klärt sich alles wie von selbst zu sagenhafter Schöne.
Wandel des Bewusstseins ohne Zögern, triumphaler Gang ins Urgebiet der Schöpfung, lässiges Entbehren dessen, was uns in die Himmelshöhn geführt. Alles ist so gut und weise in der Absicht der Gesetze, in den dauernden Hinübergängen, im beschleunigenden Weh.

Liebe und Bewundern trägt uns immerfort zu weiteren Gefilden, ungebrochne Tatkraft weist uns vehement den Weg der Tapferkeit und des erhabnen Überschauens. Wo die höchsten Ziele sind, kann eine Seele nur an Scheitelpunkten ihres Seins erfahren.

Wie rein und reich ist nun, was vor Mir liegt im Wesensbild der Sphären; wie abgeklärt die Dinge Meiner Zukunft in der Lichtheit ihrer Züge. Wohlgemut und heiter darf Ich wie in unermessne Fernen gehn und bleibe doch in Mir daheim in wohlgemessenem Befinden. Ausschau nach Mir selbst ist wie ein Innehalten und Erleben der Natürlichkeit an sich, der Wohlgemutheit und des seelenvollen Webens. Wirkunsvoller Weise weiht sich Meines Wesens Feingehalt dem noch viel Feineren, das Ich im aufgelösten Rätsel Bin und das Ich immerfort mit unverbrüchlicher Geduld erstrebe. Heisst nicht Mehrung einer Qualität, Vermehrung des Bewusstseins von Mir selbst in grandiosen Zügen. Wem sonst als Mir ist es gegeben, ins Unendliche zu wachsen und noch jede Prüfung, jede Drangsal glänzend zu bestehn. Mir fallen Schuppen von den Augen, wenn Ich nur bedenke, welche Freiheit sich enthüllt im kämpfenden Gedankenstoss, im Reisen durch die Unzeit, wie im liebenden Umfangen allen Seins in selbsterwählter Zärtlichkeit und rosenzart gestimmtem Frieden.

3.42

Was in dir still an Kräften reift heran, ist stets von Mir ein Zeichen und versieht dich mit Gerechtigkeit dem Leben gegenüber und mit Liebe allen Wesen zu, die Meinem Sinngehalt entsprungen. Meiner nicht zu schämen brauchst du dich, wenn du bedenkst, mit welcher Akribie Ich deiner Runden Läufe stets betreut, dich bis zu diesem Punkte des Vollendetseins zu führen. Wenn du nur recht verstehst, wie Ich in deinen innersten Bezügen Bin, ein Waltender und Strebender und Segnender und Schmach-Erleidender, dann wirst du muntrer deines Weges fürbass gehn und Mir allein vertrauen. Denn soll Ich wohl Mir selber gegenüber etwas andres wollen, als Gediegenheit und unveräusserlichen Wohlgehalt. Es wirkt die Summe Meiner Aktionen immerfort der Schönheit zu im Seinserleben. Willst du das dir antun, dass du, ganz in Mich vertieft, die Freiheit erntest vom Verlorensein in deine hundert Kapriolen. Willst du tapfer Meinem Faden folgen, der dich aus der Wirrsal der Gedanken ins Erkennen führt und in den Zustand der Beseligung in Mir. Da gibts kein Trauern, keine irre Lust, nur Liebe und Vergeben. Da geschieht das Wunder, dass du dich vereinst mit den Geschöpfen so in ihrem innersten Gehalt, dass sie dich selber sind, in Meine Glorie gezogen. Wachenden Gedenkens wirst du ihres Wesens Eigenart als deine nun empfinden, wirst ihr Gehaben wie die Fülle deines Aus-dir-selber-Gehns zutiefst verstehn.

Wie dein eignes Auge wirst du aller Wesen Gang in deinem eignen Wohl behüten und mit ihnen in durchseelter Einheit deine Runden ziehn.

Bedeutungsvoll ist nur das Sein in Meinen seinsgeschwisterlichen Sphären, wo alle Dinge aufeinander sich beziehn und sich zu höh'rer Einsicht stets verhelfen. Wunderbarerweise wachsen die Gerechten Meiner Tage auch sich selber zu, indem sie Mich verehren. Leise, leisen Aufschwungs web Ich so am Überfliessen der Äonen und bewahre, was Ich Bin in Heiterkeit, Erhabenheit und Ruh.

3.43

Die Dinge sind so leicht und fein und frank und frei und allverwegen in der Lichtheit Meiner Züge.

Wohlverwahrt im Schoss der göttlichen Potenz erhalt Ich Mich wie nichts im Leben. Ist denn wirklich alles nur Bewusstsein und Gefühl? Kann es stimmen, dass die Stimmigkeit des Augenblicks an einem Fädchen hängt von Weltenschau und Sich-in-ihr-zuhause-Fühlen. Jedes Innehalten in beseelter Innheit macht dies wahr und leistet, was zu leisten ist, in wunderbarem Einklang mit dem Allnatür-lichen. Es kostet nichts, getrost zu sein und in der Weisheit der Gedanken alles anzunehmen, was da ist, so wie es sein will in der Wetterwendigkeit der Szenen. Brach liegt jedes Feld, solang ihm nicht der Same innewohnt lebendigen Entzückens. Die Tage liegen brach, wenn nicht das tätige Sich-Verschen-ken wahren Menschentums sie schön macht für die Herzen. Was kann dich besser stählen vor der Macht der Unvernünftigkeit, als eine Geste lieber Anteilnahme dort am hoffnungslosen Weh. Wie sind doch Lauterkeit und lächelndes Begüten Seinsver-bündete, die alles in das rechte Licht versetzen und dem Auseinanderdriftenden das Einssein wieder bringen. Ohne Zweifel dürfen wir uns an den höchsten Kräften messen und in ihrem Umhang vor der Massenwelt bestehn. Jedes Wesen ist sich selber kostbar und kann seine Lebenszeit geniessen nach dem Mass der Würde, die es in sich sieht und nach dem Seinsvertrauen, das es zu verwirklichen imstande ist. Helfend, fördernd, Schwermut teilend voller Mitgefühl, bewahrt der Von-sich-selbst-Erlöste viele vor Verzweiflung und beschert der Welt sovieles, was sie schön und besser macht in wohlgesetzten Zügen. Warm und innig sollen die Bezüge sein von Blick zu Blick, von Mal zu Mal des heiteren Begegnens. Jede Regung des Gemüts kann eine Wende bringen im Verwandtsein mit der Welt und kann die Tore öffnen zu allherrlichem Begrei-fen. Alles ist so gross im Kleinsten, alles sehnt sich nach Vollenden in der Einheit und Geborgenheit des voll erblühten Seinsbewussten, das in allen Wesen Same ist und Fünklein inniglicher Gottes-näh.

3.44

Dass Ich Bin, ist aus Mir selbst bewiesen in der strahlenden Bewusstseinsklare, die Mir innewohnt. Habe Ich Mich selbst erschaffen? Ja, durch viele Hierarchien fallend bis hinab ins Menschentum, dem noch so viel ist zu vergeben, bis es in sich selber strahlend in Mir ruht. Mein Bewusstsein ist Erwachen in den Dingen Meiner Kür. Seins-bewusst will Ich Mir werden noch im letzten Aufglühn Meiner schaffenden Gebärde, tausendfach gewappnet jeder blitzenden Verführung Meiner selbst, die Mich will ins Unbedachte ziehn.

Losgelöst von allen Schauern Meiner Seinsgeburt im Dinglichen, verseh Ich Mich mit wunderbarer Leichte des Gewissens in den Sphären unveräusserlicher Ruh, die Meines Seins Unendlichkeit entsprechen. Gereinigt und gestählt geh Ich, ein Herold Meiner selbst, aus jeglichem Verwandeln heil hervor und trage Heiterkeit und Seligkeit von hinnen. So streb Ich in den Werken stets Mir selbst entgegen, so bau Ich Mich in Tiefen und in Höhn und habe Mich in unermesslichen Gewölben ewig selbst zu tragen. Ewig feir' Ich Meine Heimkunft, wenn ein neues Werk vollbracht, wenn ein zündender Gedanke Mich erfasste und in helle Glut versetzte, bis er sich vollendete in jener Seinsgestalt, die er sich selbst verliehen.

Erinnerung und Ruh muss alles werden, was Ich Mir besage. In Seinsgediegenheit muss enden, was in so und soviel Runden soviel Kraft erheischte, was Gedankenschärfe und Erkenntnis in sich trug und warmen Lebens Sich-Erfühlen.

Wieviel Läuterung muss Ich erleiden, bis Ich Mich ins reine Selbst-Gefühl erhoben, wieviel Staat im

Staate muss Ich bilden, bis Ich Meiner Einheit unbegrenzte Wissenschaft erkenne in der Seinsmagie. Nicht zu zählen sind die Stufen, kaum zu glauben wieviel Floskeln, Irrungen und Zeitvergeuden Ich Mir selber auferlege, bis die Offenbarung Meiner Seinsnatürlichkeit Mich wie der Blitz betrifft und Mich erhebt aus allem Sorgen zu Mir selbst ins ewige Gedeihen, in die Lichtheit Meiner Züge und ins Lächeln der Glückseligkeit, das Ich Mir selbst in jedem Augenblick der ungebrochnen Gegenwart bezeuge.

3.45

Stark mit den Starken, mit den Getrösteten getröstet, geh Ich einher, wenn alle Lebensdinge sich zu einem Ganzen fügen. Satt von Hoffnung, blank in Zuversicht behaupt Ich Mich in Meinen Schauern und bewahre, was Ich Bin in unbescholtener Grandezza, in der Tugend des Erwartens und im Vorland nie gekannter Seligkeit, die Mir seit je beschieden. Ohne Zweifel unter Zweifelnden zu gehn, voller Anmut unter tausend Krabben wahrhaftig durch die Niedertracht zu waten, welcher Aufschwung, welche Tat. Und durch die Seele geht ein Raunen von Verständigkeit und tiefgefasstem Danken.
Reich geschmückt mit Blumen holder Andacht lass Ich Meine besten Kräfte spielen und begabe die mit Licht, die es zuallererst ersehnen. Fliessendem ström Ich Mein Fliessen zu, Bewahrendem bewahr Ich Meine Stärke und Beschaulichem halt Ich Beschauung um Beschauung liebevoll entgegen. Kluge Hände streuen den Besitz an Geistesgaben froh in alle Winde und verehren den, der sie zu solchem Tun verlockte, ohne nach Entgelt zu fragen. Frei und mannigfaltig lassen die Gerechten ihre Gaben in die Welten gehn, die ihnen zustehn im Bewusstsein ihrer Tage. Leichthin teilen sie mit allen, was dem All

gehört und lassen die Gehörnten seitwärts liegen.
Von Wiederkehr zu Wiederkehr sind sie gewaltiger
dem Sein verbunden und betrachten sich als
Abgesandte seines Wehns. Nur Innigkeit und Einfalt
sind die Qualitäten, die sie gelten lassen im Verkehr
mit Gleichgesinnten, die mit ihnen durch Äonen
gleich zu gleich den hohen, höchsten Pfad beschreiten. Ihr Bleiben breitet Wonne in die Räume ihres
Seinsgewissens, ihre Hinfahrt Sehnsucht für die
sehnlich Ringenden um Einsicht, Gläubigkeit und
Friedefertigkeit im Weilen.

3.46

Dankbarkeit in grossem Herzensstil vermag das
Wohlgefühl zu wecken, das Mich in Meiner
Augenfälligkeit befällt, wenn alle Lebensdinge sich
zur Harmonie vereinen und kein Jota eines
Ungemachs durch Mein Bewusstsein kreist, den Tag
Mir zu vergällen. Wie auf vier Flügeln schwebend
tracht Ich dann libellengleich Mein Reich zu
überschauen und in ihm hold und losgelöst Mein
Kreisen zu vollziehn. Mir ist dann alles heiter und
besonnt von hundert Gnaden und kein Makel haftet
Meinen Plänen an, die ins unendliche Verströmen
zielen.
Ein Kaufmann der Genügsamkeit und zugleich des
entschiedenen Verschwendens, werf Ich alles auf,
was Ich noch an Mir habe und bereite denen, die
Mich sehn ein Fest des fürstlichen Willkommens.
Denn eine Neugeburt in eine neue Welt Bin Ich für
sie, indem Ich Mein Bewusstsein nach dem ihren
moduliere und genau in ihrem Schwingen Schwingung bin von wundervollem Klang im Sphärenklin-
gen.
Wie ist denn alles hier von Eintracht, Wohlverstand
und Lieblichkeit geprägt, wie strömen die Gesetze,
deren Teil wir sind, den Frieden aus für alle, Sicher-

heit und Seelenruh. Wie bewundernswert sind doch die Dinge im geschaffenen Revier der tausend Phantasien, von unerhörter Anmut der Geschöpfe Urbild in erfüllter Reife und holdseligem Empfinden. Aus jedem Auge lächelt uns hier Wohlgefühl und Frohmut zu, in jeder noch so leisen Geste liegt der Hauch der Liebenswürdigkeit und des herzinnigen Verstehns. Aus winzigen Keimen ist die Blüte hell entsprungen, aus der Zuversicht der endlichen Erfüllung Pracht und aus dem Seinsvertrauen Güte und Beschaulichkeit in wohlgemessnen Zügen.

Mir ist der Lautenklang vertraut, nun Ich dem Lauschen Mich verbündet in der allerletzten Schicksalsrunde, die Ich leis umgeh. Ein Schweben ist's und ein Gewahren wundersam gesetzter Töne in der Bucht beseligender Freuden, die Mir Heimat ist und Zauberland in strahlender Wahrhaftigkeit und süssem Wehn.

Behalte dies und dann verschenk es wieder, wie man Bilderhaftigkeit verschenkt an alle, die sie lieben.

3.47

Dein Wesen des Vergänglichen gemäss versucht es, sich auf ewig zu behaupten, will den Lebenslauf verlängern - und verkürzt ihn, schaut man dessen Qualität. Die Veräusserung bringt Sorg um Sorge ins Gewühl, Transzendenz allein kann von der Fallsucht ins Geschiebe der Gezeiten retten.

Meine Sicht ist die von oben ins Gefälle, die der Massen schaut sich in der Masse an und gefällt sich, wie die Frösche, sich hinaufzuquaken.

Was erwirbt sich der Gerechte, wenn er seiner Sehnsucht lebt? Das Unendliche in seinen Gründen. Wie die Taube kehrt er heim ins Seinsgewissen, wie die Biene saugt er Nektar des Erkennens seiner Ebenbürtigkeit mit dem, was wirkt in Hintergründen

und mit dem Schmelz des Absoluten, der die Seele
festigt und vertäut im sichern Hafen der Holdseligkeit.
Wie reich und elfenleicht in ihrem Seinsbezug sind
die, die nicht mehr von Mir träumen, weil sie Mich
geworden sind mit allen Attributen. Wie verhalten
klingt ihr Lied für die, die sich im Lebenslärm
befinden und den Harfenklang im eignen Blute noch
nicht spüren. Allen ist es doch bestimmt, die Welten-
pracht von innen anzusehn und ihre überbordende
Geschicklichkeit dem Sein zu weihen. Wie verzückt
wird dann ihr Wesen ganz im Wahren sich erfühlen
und die Werte des Vergänglichen beinah gewichtlos
in den Schalen der urewigen Gesetzlichkeit entdecken. Alles Bange schwindet hin vor der Gewissheit des geheimen Webens, das wir selber sind in
makelloser Harmonie. Es ist, als hätte sich der Hauch
des Todes in den Hades dann verzogen, um dem
Unvergänglichen in jedes Wesens Eigenart den Platz
zu räumen. Fern sind Traurigkeit und Weh in dem,
der auf sich selber sich besinnt und die Belange
seines Wirkens in den Höhn geläutert sieht des
seligen Umfangens allen DaSeins in der Lichtheit
ewiger Bravour.

3.48
Im Bewusstsein der Allherrlichkeit
sind alle Dinge in Mich eingezogen
das Sternenall ist Meinem Sein geweiht
das blühend sich aus Mir erhoben

Gedanke an Gedanke hat sich Mir ergeben
und hat sich wesenhaft vereint
mit Meinem myriadenfachen Streben
das immerzu Vollendung meint

Mir ist enorm Geduld gegeben
auf jede Weise zu verstehn
aus wieviel Falten sich das Leben
erheben muss im Vorwärtsgehn

Und mit den Schlüsseln, die Ich ihm gelassen
wird es in vieler Tage Wehn
das Unerhörte in sich fassen
dass es Mich selber ist im Gehn

Und wird auch wieder zu Mir finden
im weiten Bogen, den es sich beschreibt
und den es mit der Liebe Winden
zur seligen Erfüllung treibt

Wunder des Gewahrens

4.1

Wunder des Gewahrens

Ich Bin dies und das und nichts und alles, gewaltig und bescheiden, je nachdem Ich Meiner Bilder eines Mir beschaue. Trägt sich etwas zu, so kann Ich dort sein oder nicht, kann Meinen Einfluss geltend machen, oder schweigend nur dahinter stehn. Noch nie hat einer Mich gefasst in Meinem variationenreichen Spielen, hat den Ursprung sich eröffnet Meiner Wirkung, die er sich besah. Wie viele haben sich an Mir schon arg betrogen, wenn sie meinten, Meinem Wesen auf den Schlich zu kommen. Bin Ich dreifaltig, Bin Ich schlichte Einfalt, fliesst aus Mir die letzte Weisheit, oder lass Ich andre sich an ihr zerfliessen? Aus Mir selber werd Ich nimmer klug. Wohiverwahrt im Sein der Sphären träufle Ich Gerechtigkeit ins Wirkungsfeld der Wesen und verschütte, wie es scheint, so vieles, weil das Ungerechte prächtig auch erblüht. Will das jemand weise nennen, will er's nicht, Ich Bin neutral und lasse Mich von keiner Ansicht stören. Weiter sagt man Mir Allgüte zu. Natürlich Bin Ich sie, doch wenn sich einer schlecht gebärdet, Bin Ich's ebenso in seiner Utopie und habe Mich in ihm beständig zu ertragen. Bist du liebetrunken, wache Ich in deiner Nächte Sehnsucht liebevoll an deiner wunden Seite, tröstend dich in deinem Weh. Hast du Mich verstossen, Bin Ich Leere, raumesweite Leere deinem Schauen, Grabesstille und unendliches Verzweifeln an Mir selbst, in deiner Akribie. Hast du wieder Mich in einer Falte deines Seins gefunden, ströme Ich Mir selber Herzenswärme zu und weide Mich am Ton der Freundlichkeit, der Meine Welt durchsingt, in dir.

So Bin Ich, was Ich Bin an jeder Stelle Meines Mich-Empfindens und vereine Wohl und Wehmut, Schlichtheit und Erhabenheit im unerforschlichen Mysterium des Ursprungs Meiner Zeichen.

4.2

Jedwelches An-Mir-Deuteln ist Mir schon zuviel; im
Fragen Bin Ich nie gewandt gewesen. Gibt es nun ein
Ziel? Ich weiss von keinem. Meine Heimat ist die
Ungeborenheit und Unentschiedenheit in unver-
mischter Grazie des Weilens; ohne Tempo, ohne
Hast, Bin Ich nur Musse, Musse, mustergültig vor
Mich hin. Betrieb betrifft, die aus Mir Kraft
gewonnen haben; dem Lanzenstechen leih Ich Meine
Energie im Hüben und Drüben, von rechts nach dem
Linkischen, ohne Mich mit Ränken und Errungen-
schaften zu beplagen. Mich reizen wollen, ist wie in
ein Meer zu klapsen, ungesäumt zum eignen Weh;
Mich anzuklagen, Unverständnis dessen, was Ich
Bin an zartem, selbstgelöstem, unermessnem
Mich-Vergeben: Weder Schöpfer, noch Gewinner,
noch Versager, nicht von einer Art des Wunder-
wirkens, die man fassen kann in Wannen und in
Fässer, in Gedichte, Fabeln und Tresore. Meister-
schaft ist weder hier noch dort in Mir zu finden, kein
Podest, auf dem Ich siegessicher steh, noch eines
Glaubens grandioses Über-Mich-Verfügen.
Leis, leise lass Ich den Gedanken in sich selber sich
erfühlen, aus dem Unsagbaren, Weiselosen -
Auferstehn zu feiern. Wirkkraft ist von Mir ein
Zeichen, Reiselust vermeid Ich und das Rasen der
Sekunden noch viel mehr. Was erhaben ist, hat keine
Lust zum Prahlen; Meiner Fülle Inhalt fasst man
nicht beim Kragen; dem Gestaltenlosen fehlt die
Form und fehlt das Lächeln in der Wangengrube.
Also kann man Mich auf diese Art nicht finden; Sein
ist, was sich schon gefunden hat und ist mit sich
allein, selbst unter hunderttausend Seinsbezügen.
Mir allein ist alles klar im transzendenten Wohllaut
Meines Wesens über dem Azur. Sein dem Lichte Bin
Ich, Quelle jeder Wonne und Bezauberer der
Seinsbezauberten in jeder Weise Meines Mich-
Verflutens ins unendlich reine Raumgefühl.

4.3

Gibt es denn ein Mass, wo Sprache muss verstummen; kann Ich durch den Menschenmund ein Quentchen nur von Meinem Sein als das, was es Mir ist, verkünden? Ja und Nein. Was es im Menschlichen Mir heut an Gnaden, lässt sich in den Jubel fassen, der daraus ersteht und Jubel ist ein Wort voll Seele, dem man trauen kann, wenn es aus Mir gesprochen. In Mir selber jedoch Bin Ich stumm. Was ist Bewusstsein, kann Ich Mir nicht sagen. Über jedem Menschenmass ist Meine Fülle Brachland und Erkenntnisleere; Sein und Nichtsein eng umschlungen, Wort und Schweigen einerlei in Meinem Allbedeuten ohne Sinn und Ziel. Nur Sinne können Sinnen; Ich bedeute Mir nicht viel. Einer Leier muss der sanfte Bogenstrich den Sinn entlocken, einem Herzen, dass es Sehnsucht fühlt nach dem Unendlichen in seinem Daseinsweh; nur Meine Eigenart ist nicht zu hinterfragen.

Spannend muss es sein, als Nichts und Alles sich zu fühlen, begeisternd, vielen Welten Urstoff in ihr Sein zu strömen, ohne sie zu sein und doch in ihnen Treue der Substanz auf ewig zu bewahren. Hüter dessen Bin Ich, was Ich immer Bin als Seinsgerüst für alle, die in ihm sich offenbaren. Niemand kennt, was Ich nicht kenne, keiner Biegung Bin Ich froh und nichts und wieder nichts will Mir, allein in Meiner Gründlichkeit, gelingen.

Jede Welle macht sich selber gross; der Vater zeugt den Sohn und ist ihn nicht und ist ihn doch in wunderbarem Seinsverschränken. Das ist es, was Ich meine mit dem Stoss, der Ich nicht Bin und Bin ihn doch in gleicher Weise des Begreifens.

Begreifst du nun, o Mensch, dass Ich dich Bin und wieder nicht im selben Zuge, dass das Paradoxe und der Gottes-schalk sich wie Verliebte in den Armen liegen, ohne des Vereinens Ende abzusehn.

4.4

Melodie des Lebens Bin Ich, Schwingung um den lichtgebornen Thron allherrlicher Vaterwürde, unbeschreiblich weise und gediegen; Majestät in strahlender Wahrhaftigkeit, Seinsverkünder in der Art der Wissenden und Reinen. Aller Güte tiefverborgnes Strömen weiht den ewigen Göttertag, den Ich mit Vehemenz heraufbeschwöre. Tugend und All-Liebe teile Ich den Welten mit in Kraft und Andacht, Einsicht und Verlangen. Alle Wesen zehren ihres Seiens Absicht von der Glätte Meiner Gaben; jeder Hauch im Sphärenräumlichen lebt noch von Mir, auch wenn er sich nicht kennt im Urbegründen seines Sich-Gehabens. Meines Seiens Wirken lass Ich so in jedes Wohl und Wehe fliessen; hilfreich Bin Ich den Gespinsten der Aus-Mir-Gebornen so und so. Was sie wollen nähr Ich mit gewaltigen Kaskaden, wessen sie sich schämen, zieh Ich alsobald zurück und lasse sie im Trocknen schmoren. Wer die Fülle sieht, ist weise in der Weisheit allumfassendem Gespür; wer sich wonnevoll versprudelt, kräftigt, was er ist aus Meinem unerschöpflichen Erfinden. Taufrisch ist der ewige Morgen Meiner Herrlichkeit im Tragen auch der allerletzten Gründe in der Art der absoluten Stärke und des wundervollen Wiedersehns. Weise reiht sich seliglich an Weise Meines Mich-Erkennens in der allergrössten Ruh. Jedes Du ist in Mich einbezogen, jeder Laut verliert sich dort, wo Ich Mich finde in der wohlgestillten Seinsnatur. Bar des Wirkens wirke Ich Verlangen, Meine Heimlichkeit zu fühlen; unerkannt bekennen sich die vielen doch zu Mir in unaussprechlichem Verfügen. Alles, was sich lieb in Trautheit badet, badet sich in Meiner runden Präfektur und bereitet sich die Wonne Meines Mich-Vermehrens. In der Tat, Ich tue nichts, was sie nicht taten, sträube Mich nur in der Bockigkeit der Völker, die die Flamme des Versöhnens noch nicht sehn. Frei, wahrhaftig frei ist Meine Freiheit in der ungeformten Wirkkraft, deren Zeugnis Ich Mir Bin in überwältigendem Überschauen.

4.5

Das Ebenmässige gewinnt an Stärke, wenn die Seele seinen Schimmer sucht. Untadelig ist alles, was aus Mir den Wesen zukommt, die Mich ahnungsvoll begrüssen. Aus der Leichte in die Dichte, aus Potenz ins Vielverzweigte führt Mein Sosein nach dem Willen der gestaltenden Gebieter ihres Weltverstehns. Doch die Macht bleibt ewig in der Fülle Meines Mich-Bewahrens und erschöpft sich nie. Eigennutz ist nicht von Meiner Art, denn Meine Kräfte brauch Ich nicht zu sparen, wenn es gilt zu segnen und die Wohlfahrt anzufachen in den Kreisen Meines Mich-Verwehns. Sättigung und Sanftmut gehn zu gleichen Teilen von Mir aus, das Dürftige zu laben und Geborgenheit zu spenden in den Tiefen und den Höhn.

Allpräsenz bedeutet auch für dich ein nimmermüdes Rauschen von Bewusstheit und Begaben, dich zu nähren auf der Fahrt ins Ungewisse, bis du im Gewissen Meines Strahlens stehst. Namenlose Friedefertigkeit wird dein Gemüt durchsetzen alsobald, wie dein Bedenken inne hält im Wahn der wogenden Begierden und zum Ewigen sich wendet in Bescheidenheit, Bewusstheit und Vertrauen. Wie voll Grazie wirst du dein Lebenswerk vollbringen, wenn Mein Leuchten über deinem Haupte sich verbreitet und dir Wegbereiter ist und Führer zum ersehnten Ziel. Unverdorben ist die Quelle Meiner Trautheit im Vergeben; über jeden Wesens Stufe lass Ich ihr Betauen gehn und erfülle es mit Lebenswillen, Sehnsucht und Empfinden.

Innerlich ist alles, was in Meinen Sphären sich ereignet, nur dem feinsten Fühlen offenbar, wie auch dem Seinserkennen in der grossen Stunde des

Begnadens, wo die Gottesschleusen offen sind dem Offenen und alle Wasser rauschen den Gesang des ewigen Vereinens mit dem Urgewissen und dem Ursprung aller Wunder des Gewahrens, weisheitsträchtig, voller Güte, sanft und schön.

4.6

Was so frei ist wie das Fluidum der Sphären, kann nicht bitter sein in seinem Anflug zu gebären. Wesensruhe muss es in sich fassen, der die Unruh wie ein junges Füllen lebensfroh entspringt, die Weide zu geniessen. Was sich immer mütterlich gebärdet, hat die Liebe nur im Sinn zu seinen Söhnen und der munteren Gefolgschaft vieler Enkel, die die Vielfalt garantieren. Also Bin Ich Mir von selbst zum Trost und Bin Mir das Erklären Meiner Widersprüchlichkeit im Angesicht des Unheils, das Ich Mir mit manchem, was Ich Bin heraufbeschwöre. Hat das Unkraut je den goldnen Wohlklang eines Weizenfeldes überwogen? Zeig es Mir und Ich will trauernd Mich zurück in Meine Eigenwilligkeit verkriechen. Weizen, als Symbol der Nährkraft wendet sich dem Licht entgegen von den Höhn, das Seine zu empfangen. Was tust du zu deinem Aufschwung in die Fernen des Azurs? Müsste nicht dein Ahnen dich beflügeln zum befreienden Erheben in Mein Raumgefühl. Was das Dichte dir genommen, kann die Leichte des Gedankenflugs an sich dir wieder reich entgelten, wenn du seiner dich bedienst, dein Sein mit Vehemenz zu überschauen. Niemals wirst du deiner eignen Kühnheit müd im Lichtraum Meiner Gnaden.

Im Unendlichen dich endlich fühlen und im Endlichen Unendlichkeit entdecken ist dein Los; es ist das Meine in der Allverzweigtheit Meiner Glieder. Lass die Sinne los und tauche in das Medium des Sinnenlosen in der Einfalt Meiner seinsbeseligenden Weise, Mich erlöst zu sehn. Jeden Wunsches bar, bereite Ich Mir unablässig seinsvollendetes Genügen in der Meisterschaft des Weilens ohne Makel in der vielgepriesnen Weihe des Elysiums. Wie im Dom der Allnacht weiss Ich dann die Sterne über Mir im duftenden Azur der Himmelsseligkeit, in die Ich Mich verblaue. Untrüglich ist dies Mir das Zeichen des Erreichens Meiner allerreinsten Gründlichkeit im seinsbedingten Auferstehn.

4.7

Besinnung auf die Wiederkunft in Zeiten des Verwandelns Meiner Seinsstruktur. Bin Ich ein Treibender, so treibt die Logik Mich dazu, die Werke zu vollenden, die Ich hier begann im Menschenbilden. Was nützte Meine Bildung, wenn Ich sie nicht weitertrug in so und soviel Runden des Begeisterns neuer Kreise für Mein Ideal. Woher kommt Menschenwitz und Klugheit, wenn nicht aus Erfahrung vieler Lebenszeiten, die beständig in Mir ruht, bis Ich Erkenntnis des «Ich Bin» erreiche und das Rad der Wiederkunft zerbreche im Bewusstsein der Unsterblichkeit, die Mir zu eigen. Zur Erfahrung fahren ist des Menschenlebens Sinn und Wohl, denn niemand hat umsonst gestritten, niemand bleibt auf halbem Wege stehn, weil Ich in jedem Wesen Weisheit Bin und tätiges Umfangen. Wie schafft sich doch Bewusstsein mählich bis zur Makellosigkeit empor; wie ändert sich die Ansicht vom Gegebenen so lang, bis das Gegebene sich selbst verändert auf der Güte Spuren. Dass Ich das will, ist Mir in Klarheit eingeschrieben; dass nur Vollenden Meiner Wesenhaftigkeit entspricht, bestätigt sich im nimmermüden Suchen, das sich alle Wesen Meiner Herkunft sehnlich auferlegen. Kleinlichkeit ist nicht von Meiner Art und so durchschreite Ich im Mich-Erbilden Räume von Äonenträchtigkeit voll Verve und hoffendem Gedulden. Die Wiederkunft ist Mir im Spiel der Zeiten eines fortgesetzten

Handelns Grundbedingung, denn Ich präge Meinen Wesen Wesensglied um Wesensglied bedächtig ein in Läuften, die nur Überschauende begreifen. Gross sind so und weise Meines Allbereitens Ziele im Verwandeln und Gedeihen-Lassen, im Erheben und Bedrücken, in der Zucht und im Begnaden Meiner selbst im nie versiegenden Durchströmen aller Dinge mit des Seins Bravour.

Meide nicht, was Ich dir sage, sondern nimm es auf in die Bewegtheit deines Herzens, dass es Samenwirksamkeit entfalte, und erspriesse und erblühe zu der Weltenwesen Seligkeit und Wohl.

4.8

Allweisheit sammelt ihre Früchte an den Stätten grosser Kraft im kosmischen Gefüge. Wach der Wille, sich im Dasein zu behaupten, das Gehör geschärft für übersinnliches Begeben und die Stunde der Gelegenheit erfasst, Besonderes zu leisten.

So trifft Weil auf Welle hoher Dichte auf die Seinsstruktur, die Ich Mir Bin in Gegenwart und Gottesnäh. Am Kreuzpunkt vieler Geister steigert sich die sausende Gedankenzahl zur absoluten Qualität im Blütenreigen. Was sich wandelt ist auch schön. Meines Wirkens Wohlgestimmtheit bahnt sich einen breiten Strom durch vieler Strömungen Gepräge. Von Seinsgelassenheit und Würde triefend drängt er sich ins Grenzenlose und empfiehlt sich Meinem Sein in der Vollendung seiner Züge.

Wahrer Reichtum braucht nicht mit Gewalt sich zu umgeben. Silberhell und zierlich fliesst er vor sich hin und leistet das zu Leistende in schlichter Anmut und in Seinsgediegenheit zur Stunde des Gedeihens. Seine Meisterschaft ist wirkungsvoll und wahr und überragt den Scheffel in Brillanz und wohlgefälligem Strahlen. Seine Sitte ist die Sitte der Gerechten und sein Anspruch keiner, weil er aller Sprüche bar ist im Vorübergehn.

Heilig ist und heilend, was Ich dir besage in der Trautheit der Gelegenheit, dich mit dem Worte zu begaben reiner Harmonie im Grünen. Seinserheben soll es leisten in verwandelnder Manier und soll dich mit dem Scheitelpunkt der Allvernünftigen bezeichnen. Tiefbewusst und aus dem Sinnzusammenhang gerissen, sollst du seinsgalant in Meiner Mitte stehn, die überall sich findet in der Lichterfolge Meines Dich-Begütens.

Wohlgeklärten Sinnens legst du dein Befinden vor Mich hin und öffnest dir damit die Schleusen Meiner Niederkunft in deiner Gründe liebelichtes Tal. Nur eine Absicht willst du noch bekunden, Mich zu sein im Seinsvereinen ohne jeden Abstrich und in überirdischer Gewähr. So erfüllt sich Meine Weisung im Unendlichen der losgelösten Zeit und befördert, was sich tummelt in den Klang von Ewigkeit und Ruh.

4.9

Zeichenhaft die Waage für das Equilibrium in allem, was Ich Bin in Sinnenfälligkeit und offensichtlichem Geheimen. Beidem Referenz und Würde zu verleihen, ist im Wesen Meiner Wesenhaftigkeit Mein unbedingtes Ziel. Ich schaffe Welten, um ihr Sein mit Meinem wunderbarerweise zu versöhnen; des Erkennens Augen öffne Ich den Vielgeliebten Meines Wirkens, um ihr Selbstgefühl ins Göttergleichgewicht zu bringen, daseinsträchtig, schaffensfreudig und gediegen. Was Ich weiss soll jeder wissen in der blühenden Ich-Bin-Parade; wessen Ihr Mich zeiht, sollt ihr euch selber zeihen im vereinigenden Stoss ins Niemandsland, dem Ich gebietend übersteh in Welt und Weiten. Beschützer und Beschauer Meiner Angelegenheiten Bin Ich pausenlos, in jedem Augenblinken Meiner Treuen, in der sanften Übereinkunft mit dem Seinsgedankenspiel der Menschenwesen, wie im Lied der Wonne, das

Ich im harmonischen Gemüt verbreite, still und schön.

Walt Ich im Gedankenzüchten, walt Ich auch im innern Frieden, dessen sich der Schauende gewiss ist in der Losgelöstheit und im hellen Gotteswohl, in seinen Hochzeitstagen. Wie verwandelt traut er sich dann, alle Dinge neu und mit dem Namen der Vortrefflichkeit voll Freude zu benennen; denn im Ewig-Guten lässt sich alles trefflich an. Weisung über Weisung strömt ins wissbegierige Denken der Gefährten Meiner Huld; Schönheit über Schönheit lass Ich seinsbewusst aus ihnen spriessen in der Fabelhaftigkeit der Szenen ihres Bildersehns. Entzückte sind sie Meines Mich-Vergebens, Getaufte Meiner Vision, die ihresgleichen sucht in ihnen. Wer sich weidet an der Lust Vollkommenes zu leisten, ist schon Meinen Schritten nah, die ihn in Seinsbeständigkeit verfolgen; wer in Demut sich ins Licht der Weisheit rückt, ist allbereit, von Meiner Universenkraft zu zehren.

So falle Ich in allen Wesen Meinem Sinngehalt entgegen; so umrunde Ich Mein Weltensein und hebe Mich zugleich vollkommen auf in jedem Quentchen Meines Mich-Erbildens, dass Ich keines Fehltritts mehr bedarf und selig ruhe in der Gleichgewichtigkeit der Sphären.

4.10

Wahrer Wille waltet, wo Ich wahren Willen walten seh. Meiner Seinsgesetzlichkeit gemäss muss sich das Evolutionenziel vollenden in erhabnen Götterdienstspiralen, die in Mein Erkennen gehn. Ich Bin der Herold Meiner Siegestaten, präsentiere, was Ich weiss in ungeschminkter Weise vor dem Traumbewusstsein der Verführten in der Massenhysterie. Sie haben sich ihr Sein noch zu erringen in gewaltigem Aufstieg durch die Nächte ihrer Wahl. Gesetz und Liebelicht sind ausersehen sie zu führen;

begeisternde Bewusstseinsklare wird vor ihrem Schauen leuchten lassen, was Ich Bin in ihrem tastenden Beschreiten Meiner Bahn. Freiheit ist an Seinsgesetze unbedingt gebunden, die vor falschem Tritt bewahren und die Raserei der ungelenkten Wahl besänftigen. In Mir allein vollendet sich die Kunst des rechten Masses in des Strebens Tun; in Meiner Wohlgefälligkeit erschöpfen sich die irrigen Versuche, personellen Ehrgeiz auszuleben.

Gehe Ich zu weit, wenn Ich die Zügel straffe im besagten Seinsverkehr? Niemals, denn das All der Lebensdinge ändert sich zu Meinen, ihren Gunsten, wenn die Hiebe fallen ins erschütterte Gemüt. Eine Wende ist nur abzusehn im Schicksalsstossen Meiner Seinsgerechtigkeit, wie in der zarten Mahnung des Gewissens, jeden Weg an Meiner Hand zu gehn. Nie erlahmt Mein Wille zum Begüten der erregten Szenen; ungeschlagen Bin Ich noch in jedem Schlagloch, das die Unverständigkeit zum Tappen sich erwählt. Meiner Tugend Blüte öffnet sich im still gewordnen Seelengarten; Meines Tons Begiessen findet seinen Widerhall im Spriessen reiner Andacht vor dem Bogen der Unendlichkeit, den ich vor ihrem Schauen in die Weiten zieh. Der Redlichkeit gewähre Ich den Aufgang Meiner lichterlohen Züge im Verheissen singender Glückseligkeit im Stand der Hoffnung und des unbedingten Seinsvertrauens im Bedrängen.

Meiner Weiden Kühnheit liegt im Ewig-Grünen des Erschauens Meiner Kür. Quellsprung Bin Ich jedem herzlichen Umrunden Meines Urgrunds im Geheimen, zärtliches Vereinen mit des Friedens duftendem Arom, wo sich die Liebe bettet zu Geschöpf und Welt und himmlischer Genügsamkeit im Losgelösten.

4.11

Was sich nicht denken lässt, ist Meines Seins erschütternder Gedanke; was Ungezählter Ruf begründet, leitet sich von Meinem Gründen her in Absicht und Verlangen. Du würdest staunen, wenn du Meinen Einfluss kenntest auf dein Wohl und Weh, von dem du dich zu distanzieren suchst in jeder Weise deines dich Gehabens. Du verstrickst dich immer mehr in deinen eignen Schlingen, allsolange wie du Meiner Zeichen dich erwehrst. Wie eigenartig muss Ich Mich da fühlen, da Ich in Mein Eignes komme und die Meinen nehmen Mich nicht an.

Helfen kann hier nur das liebende Umfangen, zusam-men mit dem furiosen Stoss, der sich im Sinne der Gerechtigkeit vollzieht und der die Wandernden zum Rechten führt im Aneinanderreihen rechter Schritte vor dem Ziel. Das Mass des Unterweisens ist vom Weh getragen, das Mir aus der Niederung der Menschlichkeit entgegenströmt im übersinnlichen Gepräge; das Verrichten eines würdigen Gebets bewegt Mich, wahre Hilfe anzubieten in der Art des Gotteswohls.

Leisten will sich jeder alles, was ihm dient zum Schwelgen in Genüssen und zum Andersartigen, als Ich im Evolutionenwuchten will an Schönheit, Wahrheit und Befrieden. Nur die Innigen und von sich Losgelösten werden Meines Sinnens Sinn erfassen und die Wege Meiner Grossmut gehn mit unnachahmlichem Gespür für Musikalität und Grazie im Lebenswerden. Farbenharmonie und Equilibrium der Seinsgewichtigkeit gehören mit zu diesem Aufblühn Meiner Züge im Geschick der Millionen, das das Meine ist für Zeiten und Äonen.

Wahrhaft weise ist, wer nach Mir sucht im ruhelosen Hinterfragen seiner Wirklichkeit im Seinsverlust, der ihr zu eigen. Das Markante geht ins Mark, und Irrung schneidet sich ins Fleisch solange, bis die Einsicht heilend sich auf jede Wunde legt des selbstischen Versagens. Meiner Wendung Wende legt die Würde bloss, die Ich dem Wesenhaften mitgegeben auf die Fahrt ins Grandiose Meines Flutens. Selbstverständliches Vollbringen ist die Folge Meines MichBehauptens und gewährt Glückseligkeit des Waltens und des Seins in Mir.

4.12

Gang nach Canossa muss Ich nennen, was dem Ego auferlegt wird, wenn es sich, trunken von Begierden, in die Götterferne stiehlt, sein Eigensein zu pflegen. Unnach-giebigen Trittes dann verfolg Ich es und fördre seine Rückkunft ins Erhabene, indem Ich offenbare seinen Wahn. Nur zu gut begreif Ich seines Handelns Tücken, weil es Meine sind im Wesensklaren. Wohnen in den Zelten der Vergänglichkeit mit Ewigkeitsgedanken ist vonnöten, um des Seins Bewegen nicht zu hintergehn. Wirt den Wirten, Kämmerer den Etablierten Bin Ich in der Weise des Behütens ihrer wahren Sendung im Allhier. Gebogenes begraden, Irre mit dem Etikett des Seins versehn ist Meines Oberschauens Munterkeit im Dämmerkabinett des menschlichen Befindens. Wer das Wachsein hat gefunden, mutet sich den grossen Wesen an, die einer Welt von Unverstand die Stirne bieten und wahrhaftige Gebieter sind im Sinn der Evolutionen. Träger der Getragenen sind sie in unsagbarer Stärke des Gewissens, Künder eines Plans der Echtheit, dessen Gütezeichen das «Ich Bin» bedeutet ohne jede andre Wahl. Ich will werken, sag Ich, am Beglaubigen der Menschentaten vor sich selber in der Gotteswahl. Träufeln will Ich Gegengift in jede angefressne Schale und bereinigen den Zug zur Freiheit in den Seelen; ohne Furcht und Dürftigkeit soll jede sich dem Wuchs der Ganzheit stellen können; jedes Schreckens bar sich in der Minne Meiner Kraft bewegen darf sich der Vertrauende in Meiner Agentur. So lohnt es sich, der

Spur zu folgen Meines wirklichen Gestaltens im beschwingten Lauf der Göttergenerationen, die Mein Teil sind in der unerhörten Lebenskür. Wille stösst zu Wille im Erhalten der Gezeitenfolge, die in wilden Brechern sich die Bahn schafft ihrer Siegesprozedur.

Dann von dannen wird die Zartheit reinen Ruhns sich etablieren in der Mittagssonnenwende Meines Schauens der gezähmten Kräfteschar. Minne wird zum Minnesang sich finden und Beseligung zur See von Klarheit und Besonnenheit, in der die seinsbewussten Geister sich verschweben.

Seinsgewinn heisst Übersicht erreichen auf der Lebenswanderschaft ins Ziel, heisst auch, des sinnenlosen Denkens sich befleissen ohne Anspruch, ohne grüblerische Wetterwendigkeit und frei von Floskeln, die sich selber nicht erklären. Träfe Klarheit ist ihm eigen und Gerissenheit, die keine Scheu kennt, aller Dinge Antlitz mit dem rechten Namen zu benennen. So erschafft sich das Gewissen seines Seiens Wohl und bewegt sich in den Sphären des Erkennens waltender Zusammenhänge und gewissenhaften Sich-Erklärens der Begriffe, die zum Wesenhaften weiter führen. Dazu Bin Ich Meiner eignen Klarsicht Stätte und Bewahren, Bin Essenz der Güte aus dem Pool der Auserlesenheit und gestatte Mir, was niemand sonst sich zu gestatten untersteht im Allbeschreiben. Nur Meiner Wanderwege Blinken führt zur Wiederkunft der Sphären wahren Seins im Seinswahrhaftigen, nur die Gelassenheit im Weilen weist auf Meine Dinge hin, die sich nicht fassen lassen in der trivialen Art der Götzendiener und Banausen.

Hast du schon ein Oberhaupt in Amt und Würde in seinem Amte lächeln sehn. Es ist verbissenes Sich-an-die-Regeln-Halten, was sich offenbart im Zeremonienfluss und im Vertreiben einer Geistigkeit, die Meiner sich erinnert im behutsam schlichten In-sich-Gehn. Was überladen ist, bringt jeden Karren zum Erliegen; was glänzen will, verdunkelt sich den Blick auf Meine Gründe wahrer Wissenschaft im Absoluten. Das Sein erfassen und den Dingen ihren Lauf gestatten bringt schlussendlich Ordnung ins Gefüge, denn die Ordentlichen strahlen sich ins Ganze voller Selbstverständlichkeit und mit vollendetem Sich-Fügen. Trachten tragen ist nicht ihre Sache, sich missbrauchen lassen ebenso, wie sich den Nimbus eines Hochgelehrten geben in der leeren Nymphenschale. Nur im Teich der Fülle seh Ich schwimmen Meiner Karpfen fette Schar, nur im unvermittelten Sich-Präsentieren, wie man sein will, kommt Natürlichkeit zum Zug. Der Edle steigert sich, Barbaren sinken, und die Sonne Meines Überragens gibt den Dingen Halt und Würze im Zusammenhalten Meines Allgefühls. Jeder meint, von sich das Allerbeste nur zu sagen, bis er Meiner Würde sich erinnert und verstummt im staunenden Beschauen.

4.13

Nichts oder alles Bin Ich für die Legionen, die im Weltgebäude stehn, ihr Heil zu wirken oder ihr Vermählen mit den Dingen der Vergänglichkeit im Reiz des augenblicklichen Verspielens. Was sie hindert ihren Ich-Bezug zu finden, ist die Schläfrigkeit, die ihnen eigen Tag für Tag im Rastlossich-ins-Leben-Stürzen. Nur Innehalten in Besinnlichkeit und Seelenruh bringt des Erkennens reichgeschmückten Zug ins tätige Vollbringen und enthüllt im Nu des Irrtums schwere Daseinsplage. Dass er ist, kann jeder wissen, dass Ich Bin in jedes Wesens Seinsstruktur, weiss nur der Weise im Gewissen seiner selbst als Offenbarung einer Siegeskraft im grossen Tauschen.
Alle Plätze sind auf Meinen Platz verwiesen im

Karussell der Eitelkeit, wie in der demutsvollen Haltung des Bedenkens reiner Ohnmacht vor dem seinsgewichtigen Götterstil. Fabelhafte sind zu nennen, die sich als Getragene und Wohlverwahrte in den struben Zeiten sehn, die soviel Unverständige heraufbeschwören. Möchtegern ist nicht mit Können zu vergleichen; Wesensgleichheit mit dem Höchsten zeigt sich nur im absoluten Selbstgefühl, das die Vermählten in sich tragen. Bedeutsam ist, dass alle sich zu Mir erheben, viele in gewundnen Schauern langgedehnten Lernens aus der Seelennot, wenige im vollbewussten Schreiten auf dem steilen Pfad, der Gottesherrlichkeit entgegen.

Überschauen bringt die staunenden Gefühle in den Hafen der Holdseligkeit im reizenden Geniessen des gesandten Wohls. Die Triebe locken das Gefährt ins Ungewisse; nur die Klugheit, mit Beständigkeit gepaart, vermag sie in die Bahn zu lenken wunderbaren Wohlklangs in der Trautheit innigen Begreifens. Das Gezähmte ist vor allen Dingen schön. Lächelnd geht es in der Kraft des Allerhöchsten durch die Wogen still dahin und weiss sich wie die Weisheit zu benehmen in der Einfalt seines Wirkens. Dass Ich in ihm Bin erklärt sich aus der Zielbewusstheit seines Sehns, wie aus der Heiterkeit, mit der ihm alles kommt gelegen. Im Wahrhaftigen sich finden, heisst, die eignen Launen überstehn und das "Ich Bin" zu feiern in bewundernswerter Dichte des Begreifens, wie im Allerhobensein des Sinnens auf der Götterspur.

4.14

Das Ungeduldige kann nicht ewig sein. Die Fürsten dieser Welt vermögen nicht, die Dinge ihres Drangs dem Schicksalshauch zu überlassen. Krumm muss gerade und Gerades noch gerader sein, ist ihr Vermuten, und sie handeln auch darnach. So traut sich das Natürliche nicht mehr, in ihrem Umkreis seine Dienste anzubieten und verstummt, und eine Welt der Drangsal muss sich da verbreiten.

Nur wo Ich Bin, bereiten sich die Wesen wahren Wohlklang in der Ruhe des Gestaltens dessen, was sie tun. Sie wissen sich als Webende am grossen Tuch des Evolutionen-willens, der Ich Bin in Sausen und in Brausen, in Voraussicht und Gefühl und in der wunderbarsten Seinsgelassenheft, die Mir zu eigen. Alles, was Ich schaffend Mir erschuf, fällt Mir auch wieder zu im grossen Untergehn der Reiche der Vermessnen, wie der Seinsgestillten, die in Meinem Tempel sich bewegen. Überdauern wird nur, was in Mir sich selbst erkannt hat und was Ich erkenne, kennend Mich in ihm. Der Gerechtigkeit ist auch der Sieg verbunden, und die Fülle, dem von Mir Erfüllten, offenbar. Denn wo der Geistruf wird verstanden, stilisiert sich alles in die allerfeinsten Blüten vehernenten Wachsens und verströmt sich in die Düfte sagenhafter Seinskultur, die alle Dinge tröstet und erhebt. So viel kann Ich vom wahren Leben sagen, das in Meinem Mich-Begründen ruht und das Ich ohne jede Selbstgefälligkeit ins Zeitliche heraufbeschworen.

Was gibt den Vielen Halt, wenn Ich sie nicht verhalte; was säubert sie vom Tand des Widersprüchlichen, mit dem sie sich umgeben, wenn nicht das Feuer Meiner Seinsnatur, die ohne Zweifel jedes noch so zärtliche Beginnen zum erhabenen Vollenden führt in Meiner grandiosen Weise, jeden Keim des Wachsens in Äonenträchtigkeit schlussendlich als erstrahlendes Gestirn ins All zu hieven. Ja, die Sterne machen Meine Weiten in den Seelen der Gerechten gross und verlocken sie dazu, sich auszudehnen bis zum Allrand, den Ich in Mir spüre. Ihres Mit-Mir-Einsseins selige Gebärde ist Erfüllung, Glanz und Weilen in Genügsamkeit und unermesslichem Beruhn.

4.15

Orte himmlischen Friedens sind da, wo immer Ich Mich eingelassen habe, Meines Seiens Siegeszug zu feiern. Die Vollbringer Meiner Taten wiegen sich im Freudgefühl, das Mir zu eigen, in der Folge des Vermählens wesenhafter Gegensätze zu demselben Zug. Sagt man nicht, am gleichen Strick zu ziehen bringt Erfolg, und ist Erfolg nicht, eine Urverletzung sanft zu schliessen, wie man Augenlider sanfte schliesst der Hingeschiedenen.

Ich trage Absicht und Verlangen in die Zellen Meines Mich-Veräusserns und bedinge auch ihr Wohl, wenn sie, erkennend, Meines Willens Fährte als die ihre auch verstehn im unerschöpflichen Erblühn zu neu erfundner Sagenhaftigkeit im Seinserleben. Wie der Wille, so das duftende Gefühl des Allvermögens in Gelassenheit und Wesensruh. Hier lassen sich die Dinge in Gedankenschnelle modulieren und entsprechen den Gesetzen der allweiten Harmonie, die von Mir ausgeht und in Mir sich wieder findet, wenn ein Wesen selber sich gefunden in der Weltenharmonie. Nur so ist Seligkeit des Einzelnen in absoluter Weise zu erklären, weil es sich zum Ganzen fügt der Seligkeit des Seins in Schlichtheit und vollendetem Genügen. Wer Wache hält am Tor der Sinnenfälligkeit und nur das Gute lasst passieren, hält die Fahne hoch der Seinsgefälligkeit, die Ich seit Urzeit propagiere. Was ist Gewissen, wenn nicht weises Wägen der Gegebenheiten in Bezug auf Einssein mit der Einheit aller Dinge in bewusstem Hinterfragen. Was befördert mehr den Weitgedanken, als das Sich-Vereinen wesenhaft mit ihm in einem Akt der Treue und des Sich-Erhebens zur alleinigen Wirklichkeit, die Ist in allen Runden des Bestehns. Trunkenheit des Seins ist das zu nennen, was Ich in den Vielgeprüften Bin, die Meine Spur gefunden haben und sich nimmer lösen mehr von ihr. In ihrer Brust erklingt der Sang von

Ewigkeiten, ihrer Herzens-schwingen Weite steigt zu Mir empor im Handumdrehn und lässt des samtenen Gefieders Farbenpracht im Sonnenlichte des Vollendens glänzen. Rein und reich sind die von Mir gesegneten Geschwister der Allherrlichkeit in ihren Gauen; wunderbar gelöst die Fibern ihres Fühlens, um die Himmelszärtlichkeit in Leichte zu empfangen, wie die Wonne, die die Seinsbegünstigten in alle Weltenwinde wehn.

4.16

Wagemut tritt in Erscheinung dort, wo es zu kämpfen gilt in unnachgiebiger Weise des Sich-selbst-Behauptens. Meiner Dinge werde Ich nur froh, wenn sie errungen sind voll Verve, Elan und Streben. Nützlichkeit wofür will Ich Mich fragen: Um aus dem Rad zu brechen der Verführungen zu mehr und mehr, im Aberwitz des Zeitlichen, die Ich Mir aufgeladen habe.

Wesensklare in der Klarheit des Beschauens reicht dem Seligsein die Hand, wenn es sich selbst gefunden in der Lösung rätselhaften Drängens. Den Geschmack der Weiten kosten darf Ich allsogleich, weil Meine Züge sich dem Lapidarischen entfremden und im kleinsten Seinsgewirr den Schritt des Grossen, Ganzen sehn. Nicht verrechnet hab Ich Mich, wenn Meine Rechenschaft ein Plus ergab an Qualität nach so und soviel Runden des begeisterten Verfügens. Unverstummt ist nach wie vor der schallende Gesetzesruf, der sich die Allgerechtigkeit zum Ziel erwählt in eigner Kompetenz und eigenem Verfahren. Die Geschichte endet nur im Blauen; allsolange muss sie vorwärts gehn, Gediegenheit zu suchen. Wer erträgt den Irrgang der Gezeiten? Ich, in absolutem Selbstgefühl und im Bewusstsein Meiner überragenden Gewähr, die Dinge noch ins Lot zu bringen Meiner Gottgefälligkeit im Reinen. Untrüglich Bin Ich Mir das Wesen wahren Seinsbedeutens in der Myriadenpilgerschar zu Meinen unbekannten Ufern in der Bucht des seligen Auferstehns.

Mir ist in Nacht und Trug die Freude der Begeisterung am Sein der Sphären schon erschienen, die an jeder Stelle das Gemüt ergreift im Wunderbaren. Endloser Diskussionen Ende stelle Ich Mir dar im Reich der Trautheit mit den Meinen, die ihr Isoliertsein überwunden haben. Recht um Recht und Wonne in Gerechtigkeit verbreitet sich vor Meinem staunenden Gewahren einer Wirklichkeit, die all so viele noch nicht sehn. Sie beut Bewusstsein, Selbsterhabenheit und Kühnheit im Erwarten eines hochbefriedeten Planeten, der in seinen eignen Wundern schwebt in heiterem Gesinnen und gestillter Sehnsucht nach Erfüllung und Beständigkeit im Guten. Meiner Königskräfte inne, reicht Mein Sinnen bis zum Endgefühl der Sphären und beglückt sich in der Kenntnis des Allewigen im lichten Sternenwohl.

4.17

Die Gegenwart im Sein erleben will Ich immerzu im sehnlichen Begründen eines Lebensziels. Wachheit in bewusster Allegrie des seelischen Befindens ist Mein Meisterstück im Königsmenschentum, das Ich zum Reifen bringe im Äonenbilderspiel. Im Seinsblick präsentieren sich die Dinge allesamt wie neu geboren; Unverstand und lächelnde Verständigkeit haarklein zu unterscheiden ist ein Leichtes hier im Lichte des Erkennens wesenhafter Seinszusammenhänge: menschlich-göttlich, weltlich-ewig, Spur um Spur.

Klingeln dir die Ohren, wenn du solcher Botschaft dich geneigt machst; reisest du nun fröhlicheren Herzens durch die Zeit der langen Nächte, weil du weisst, dass auch dir solcher Aussicht Gnade an den Wanderweg gelegt. Mir ist, als seh Ich dich und alle wie aus Träumen in die Seligkeit erwachen einer wohlerwogenen Behutsamkeit, die alles in sich fasst vom einen Ende bis zum anderen der Sphären. Gläubig und getröstet siehst du dich in ihr als wachgewordne Zelle eines sakrosankten Wesens, das Ich Bin im Ewig-Dauern, in der strömenden Potenz, die Mir zu eigen und im Gütesiegel des beständigen Mich-Verliebens in die Wunderwerke Meiner Wahl. Holdselig ist, wer sich im Miterleben jeder Regung des allwissenden Gemüts die Würde Meines Seins errungen, ewig heiter, wem die seins-verstreuten Kapriolen der sich selbst umkreisenden Vernunft im Kleinen nicht mehr auf dem Magen liegen. Duldsam und gewissenhaft Bin Ich in jeder Phase Meins Mich-Verkreisens in das All der Sternenregionen, wo Ich Weltbegründen feire noch und noch in meisterlichem Über-Mich-Verfügen. Keiner Unrast fähig, zeichne Ich Mein Bild in alle Himmel der sich selbst zerstiebenden Bravour. Raum um Sternenraum begründend, trage Ich Mein Sein in aberwitzige Weiten, ohne Zaudern, ohne jegliches Bedenken auf der Spur des Mich-in-Meiner-Eigenheit-Verklärens, offenbar.

Ungezählt sind die aus Meiner Innheit sprossenden Bereiche Meiner Willkraft, Neues zu begründen in der schaffenden Manie, die Meine Ränder kräuselt, ohne dass Ich selber Mich im mindesten vergebe. Das heisst Sein in allen Wundern des Erscheinens, wie im Allergrössten, dass Ich in Mir selber im geheimsten Heiligtum der Unerschaffenheit Mich finde, reiner Wonne sicher und beseligender Ruh.

4.18

In dem, was Ich Mir hier bedeute, liegt die Sommermittagsruh der Sphären ohne jeden Zweifel an der Seinsbeständigkeit der Ahnen. Überlebens-wichtige Gedankenfolgen prägen sich Mir ein im Ewig-Guten, dessen Zeuge Ich Mir selber Bin, be-deutsam und erhaben.

Gesichelt wird das Gras, wenn es zur rechten Grösse angewachsen; dem Weltverhaftetsein enthoben wird der Taugliche, den Lebenssinn zu nähren. Aus den Grenzen bricht das Seinsnatürliche mit Vehemenz, wenn es das Tor gefunden zur alleinigen Gesittung im Ich Bin, das allem übersteht im Niemandsland der Sinne und der scheingefechtigen Gelehrten jeder Zeit, in jeder Weise des Sichselbst-Betrügens. Stimme Meiner Stimmung will Ich sein in Ehrfurcht und Begaben, in der wissenden Manier der Wachen, wie im Freudentaumel, den Ich noch so gern in alle Herren Winde weitertrage. Lust am Sein, wer möchte da nicht Teil und Wonne haben; massgeschneidertes Erleben eines frühlingssonnenhaften Aufstiegs ins Erfülltsein von des Lebens Ideal.

Was überreich ist, sucht sich zu verschwenden; was aus den Nähten platzt, legt seine Innheit dar in Glanz und Glorie und in der Vielzahl seinsbedingter Gnaden, die es spendet dem empfangenden Gemüt. 0 selig, wer des Wesens des Ich Bin sich angesichtig nennen darf, o wundertätig, wer, dem Bad des Seins entstiegen, seines Amtes waltet als Verkünder eines ewig lauteren Bewusstseins in den höchsten Sphären. Denkkraft wird es nie erreichen, tauschendes Erkennen jederzeit in unsagbarem Jubel.

Was die Fülle in sich trägt, wird nie erlahmen; wessen Früchte das unsterbliche Arom der Seinsgediegenheit enthalten, wird sich seiner selbst entäussern, um die letzte Wunde noch zu schliessen im erlebten Weh der Mannigfaltigkeit und des verzweifelten Sich-selbst-Versuchens. Das Wohlgeratene ist immerzu geneigt, den Ratschluss seines Werdens in den Wind zu sä'n. Wer einen Acker hat, der öffne ihn der sich verwehenden Gerechtigkeit und finde so die Freude an des wahren Ich-Seins glänzendem Erblühn.

4.19

Nicht lebendig sind «Lebendige», bevor sie das Ich Bin erfahren haben, unmissverständlich im Gesang der Sphärenharmonie, die ihres Wandelns Raum geworden, ein Befund, den alle Sehnsuchtsvollen sich ersehnen. Wachsein und verehren dessen, was sie noch nicht kennen, ist der Anspruch, dem sie unterstehn, bis alles sich ergibt im tausendfältigen Verwandeln ihrer Züge, Neigungen und Werte des Begreifens. In rascher Folge steck Ich jedem Lichter auf des Sich-Erinnerns, wenn er Meiner sich erinnern will im Weh und Ach der sausenden Gezeiten. Immer habe Ich die Finger mit im Spiel, wo Auferwecken sich ereignet aus dem Schlaf des Sich-Vertändeins ins Geschäftige und Nimmersatte toter Augenblicke ohne Seinsbewusstseinsspur.

Wie reimt sich doch in Mir das Gegenwärtigsein zu einer wunderbaren Schau zusammen eines Universenganzen in der Ganzheit Meiner Züge; wie Bin Ich dann den Dingen des Erwachens nah in jeder muterfüllten Seele, ihr das Zeichen zum erhabnen Aufbruch ins Gemüt zu stecken, Jahr für Jahr. Wie den Blitz aus heiterm Himmel wird sie dann den Gruss empfangen im Erkennen dessen, was sie Ist im Feld der offensichtlichen Bewusstseinsklare, die sie vehement ergriffen und mit der die allergrösste Wonne Hand in Hand einhergeht, die sich denken lässt im kühnsten Aneinanderfügen. Sein ist jeder Sehnsucht Wille, Sichersein des Wunderwünschens Ziel in jedem Wesen des Bevölkerns der besagten Planetur.

Nur schrittweis, schluckweis wird das zugestanden, was zum immerwährenden Bewusstsein wahren Seins führt. Nur in der demutsvollen Reinheit des Gedanken- und Gefühlserlebens wächst das Überwältigende still heran, von dem die Völker sich ein Lied erträumen mitten in der Übermacht der Not. Emanuel ist ihres Singens schüchternes Berufen einer Himmelsgnade vom Format des ewigen Beglückens und Erhebens; Emanuel ist ihrer Sehnsucht Sage an der Stätte der Geburt, von der die Strahlen ausgehn wunderbaren Lichterscheinens. Seelentrost und Muttersorglichkeit verfliessen so in eins zusammen und ernähren das Ich Bin in jeden Herzens heiligem Besinnen.

4.20

Wenn alle andern suchen, habe Ich Mich selbst gefunden; wenn es heisst, dass nur das Zahlenbeispiel zählt, verlass Ich Mich aufs Unergründliche der Göttersphären. Schalten und Walten kenn Ich nur im Mass der absoluten Ungebundenheit von allen irdischen Bezügen. Narretei ist, was soviele treiben in Bezug auf Meine klargesichtige Weise, allen Dingen auf den Daseinsgrund zu gehn und immer Mich darin zu finden. Tau von eignen Gnaden Bin Ich Mir in der Vernetzung aller Welterscheinungen von A bis 0, von links nach rechts und von Gemüt zu Seinsgemütlichkeit im Blauen. Trau Ich Mir dies zu, so trau Ich auch den Kennern Meiner Manifeste, dass sie für Mich bürgen in der Stunde des Sich-selbst-Erhebens zur Gereimtheit Meines Wohlverstehns der Lebensliturgie im wirklichen Gedeihen.
Lobgesang aus hunderttausend Kehlen strömt Mir alleweil entgegen, wo die Tore sich geöffnet haben des Besinnens auf die Lauterkeit im Handeln und Erfahren neuer Gegensätzlichkeiten. Sie in Mir vereinend, lösen sich die Rätsel, die Vernunft erzeugt und wallenden Gemüts Betäuben. Sinn blüht auf im Un-Sinn, Obersinnlichkeit erklärt sich aus sich selbst im unbedenklichen Erkennen der Bewusstseinslage hell und hehr. Was die Güte sich ersonnen, weist sich selbst der Güte zu im vollgewichtigen Vergüten jeder Weise, sich zu etablieren. tJn-Verstand kreiert dann die verständnisvollsten Szenerien in der Machbarkeit des Sagenhaften, die Ich im Ich Bin Mir

anbefehle.

Feierlich, bedeutsam und gediegen tret Ich aus der eignen Schweigsamkeit hervor, den Dienst an Meiner Fähigkeit, das All zu sein, zu leisten und den Welten ihren Lauf zu lassen auf der Sternenbahn.

Allem Bin Ich alles, wie Ich weiss und wie die Seinserweckten wissen in der wunderbaren Trautheit mit den Dingen, die sie Mir verdanken.

Lind und leise lass Ich dies in deinem Bilderbuchbewusstsein auch geschehn.

4.21

Noch schwimmen wir, wie Moses einst im Weidenkörbchen, unschuldigen Kinderschlafs, im Lebensstrom dahin. Wo sind die Arme, uns zu retten, wenn nicht ausser uns, im Obersäuglingshaften, Liebenden der Weltenführung in geheimer Mission; im Rausch der Selbstgefälligkeit der Potentaten wären wir verloren. Was uns auferweckt, ist das sich weit verbreitende Bewusstsein unsrer Wohlgeborgenheit im Sein, das uns, sowie wir unser Recht erkämpfen wollen, beisteht gegen jede bleckende Gefahr. Wir erleben uns als Auserwählte, Aus-dem-Pfuhl-Genommene, dem absoluten Freisein hingegebene Gestalter dessen, was die Götter von uns wollen. Jede Furchtsamkeit verfliegt vor dem Gewaltigen, das uns beseelt im Weihe-gang, den wir vor aller Welt vollführen.

Es erweist sich, dass sich das Ich Bin von keiner Grenze fangen lässt im Wirrwarr vieler Nationen und Monetengaukler, Finalisten und Planetennestbeschmutzer, die der Achtsamkeit noch ferne stehn. Was gelingen muss, ist mehr als nur das Klimpern mit den vollen Börsen, das genüssliche Die-Macht-Erstrecken, wie der Sog des Kleinkarierten, das sich ängstigt über jeden blinden Stoss.

Immer Bin Ich da als Förderer der Sitte, Unbedingtheit auszulösen in den Herzen Meines Mich-Erwählens; immer tret Ich als das Feuer der Gerechtigkeit hervor in allen Lebensdingen und in jedem Drohen einer Irrung weg vom Weg. Das Gespaltene führ Ich zurück in Meine Lande wahrer Einsicht, das Benetzte wisch Ich auf mit Meinem Strahl und überbiete alles, was sich wesenhaft gebärdet mit dem Klang des An-sich-Guten, ohne Wenn und Aber in der Qual.

Jedem Mückchen Bin Ich innres Glänzen in der Seins-kraft, die es dazu antreibt, seines Sirrens Flügelschlag zu intonieren; jeder Biene Bin Ich Halt in ihrem Drang nach Süssem und dabei ernähr Ich dich und Mich mit Milch und Honig aus Naturas immergrünen Gründen. Was Mich festigt, lass Ich los; was Mein Bild verschönt zu allen Zeiten, lass Ich liebevoll in jene Herzen strömen, die sich messen am Gefühl der schwebenden Unendlichkeit, wie an der Wonne, im Unendlichen zu schweben. Beides ist Mir eigen in Bewusstseinsfülle und erfühltem Seelensein im Reinen.

4.22

Vibrationen sind an Höhe recht verschieden, doch die Meinen überbieten alles, was sich in die Räume drängt im Seinsbedrängen. Licht ist Schatten, wo Ich steh, jedes noch so laute Schreien unanständiges Gemurmel vor dem Rollen Meiner Seinsgestimmtheit in der Sphärenharmonie. Ewig heiter trag Ich Meine Leichtigkeit im Melodienschwang von hinnen; unantastbar Bin Ich Meiner Losung legendäres Los im Mittendrin der Wesen. Staubfrei und gelassen weise Ich den Sternstaub ins Zerstieben; wunderbarerweise da, lass Ich Mein Seinsgewicht von Niemand registrieren. Befehl ist Mir Befehl im Aneinanderfügen der Gesetze der Allweiten, Wohlvertrautsein mit dem leisesten Sich-an-das-Weh-Verwimmern Meiner Kreaturen, ist Mein Gang in jede Tiefe Meines Mich-Erfühlens.

Wesentlich ist nur, was Meiner Willkraft jugend-
frisch entspringt in hunderttausend Kapriolen. Wer
sich weidet, weide sich bewusst an Mir, und sein
Gewahren wird der Fülle sich erfreuen, die Mir
innewohnt in Zeichen und in Zeiten, im Verwun-
schenen wie im Gewünschten Meines unerschütterlichen Strahlens. Wer verherrlicht, macht Mich
gross, wer jeder Willkür sich enthält, hält Meinen
Zauberstab in Händen, der ihm alle Tore öffnet ins
Erhabne und Entzückende im Seinserleben. Damit
meine Ich den meisterlichen Gang zur Mitte des
Geschehns im Allumrunden und im wahren Jeder-
zeit-besonnen-und-beseligt-in-sichGehn.
Meine Wege führen weg von Mir ins Ziel, desgleichen wie sie alle nur zu Mir ins Zentrum aller Dinge
führen. Wer es fassen kann, versinkt ins Schweigen
der Genügsamkeit im Reinen. Wer gestillt ist, wird
der Stille sich befleissen und den Wortschwall hinter
sich verschwingen sehn. Nur im Zärtlichen der
Seinskraft will er sich noch baden und bewusst im
nie versiegenden Geheimnis der Vollendung stehn.
Trunkener der Sternenräumlichkeit wird er sich
nennen, Seinsarom im Sich-Verduften vor dem
Welten-spiel und ewig Liebender im zartesten und
mitleidvollsten Allumfangen.

Seinsbravour im Stillen

5.1

Eine Botschaft des Vereinens aller Gegensätzlichkeiten ist in Mich geschrieben, tadellos in feinge-
fügten Lettern, eine Welt des Unverstands zu überzeugen von der Stätte Meines Wohls. Wie der Regen
alles auswischt, was im Äther sich gestaut an Nieder-
trächtigem, so sende Ich Mein sanftes Wort in jedes
hoffende Gehör, den Lebensunmut auszuwischen im
Befinden und das Seelensein mit Sicherheit des
Absoluten zu versehn. So fliesst Mein Tau ins
jugendliche Grünen, so senkt sich Meiner Wonne
Duft ins sehnsuchtsvolle Tal, Versprechen um Versprechen einzulösen.
Mein Zeichen ist das Blinken eines ruhig strahlenden
Gestirns am Dom der Anmut, Meine Tugend die
Beständigkeit von Millionen. Reizenden Verspielens
säe Ich Entzücken in den Raum der Variationen
Meiner Schaukraft und bedeute Mir, was sich das All
bedeutet in den Weiten unerschöpflichen Belebens
Meiner Seinskultur. In ruhiger Gewissheit walte Ich
im Wirkraum Meiner Künste und begabe jeden
Findling Meiner Phantasie mit lichtdurchschossner
Glorie des Auferstehns ins Seinsvollenden seiner
Züge. Was Ich schaffe ist auch wahr in jeder Phase
seines Sich-Erbildens aus der Kraft der nährenden
Behutsamkeit, mit der Ich es umhege; was Ich
wollend Mir zur Seite lege, offenbart die Freudenfühligkeit, die unversieglich aus Mir bricht im aus-
erlesenen Gestalten Meiner Ebenbürtigkeit im Reinen. Filigran zu Filigran vermählt sich in der abergründigen Bedeutsamkeit der Seinsstruktur, in die
Ich Meinen Tatendrang verwebe.
Bildend bilde Ich ein Bild von Kraft und Schöne,
hinter dem Ich in der Würde Meiner Allmacht
wachend steh, den Fluss der Farben der Vollendung
zuzuführen. Das ist Meiner Meisterschaft Bestreben
immerdar im Zug der sich befeuernden Äonen.

5.2

Die Formen Meines Ausgangs aus Mir selber sind verschieden von der absoluten Schlichtheit, die Ich in Mir trage: Eins ist eins und Einigsein ist Einigsein in unvermittelbarer Stärke des Bestehns. Ich Bin der Saft in allen Traubenbeeren, Bin der Hüter jeder Weisheit, die gekonnt spazierengeht im Dorffest der Gelehrten. Jede noch so feine Minne ist Mir untertan im Kreisgang der Beschaulichen, die von den Früchten der Vergänglichkeit nicht zehren. Treffend jeden Pfeil ins Herz der Dinge, lass Ich begütende Behutsamkeit in alle Winde fahren Meiner Seinsbravour im Stillen; makellosen Willens treib Ich Meine Blüten in die Lebenspoesie der Wesen. Heilend, weilend heft Ich Mich an die Gemüter Meines Seinsbegreifens in der Tagesfrüh; Glanz auf ihres Lächelns Ahergründigkeit ist Mir allein bestimmt zu legen.

Wächter tragen ihre Mission bar jeder Sinnenfälligkeit im Schoss der Absicht und des wonnevollen Selbstgenügens. Der Gedankenvielfalt pflanzen sie die Hefe Meiner Einfalt ins Gewissen und beglaubigen ihr Sein, indem sie Meines Glaubens sich Verschworne nennen, unfehlbar. Gerechte des Gebietens sind sie Mir geworden, Schäfer Meiner Gnaden, die die Lande friedevoll im Weidegang durchziehn. Hoch in Ehren halt Ich ihr Beginnen in der Herzenstrautheit, die Ich ihnen zweifellos gewähr; weisen Handelns Wohllaut trau Ich ihnen zu, in der Kunst des Unterscheidens.

Noten sind beileibe nicht für jeden Spruch gemessen zu verteilen. Das Urteil hinkt der Absicht hintennach und lässt sich letztlich nur in Meinem Allverstand begründen. Vielen Sinns Gedanke fass Ich in den einen, überragenden zusammen Meines Allbesehns, dem ich des Willens Eintracht überflute. So bewahrt sich, was Ich Bin im reinen der Gesetzlichkeit und in der Heerfahrt der gesetzten Evolutionen. Seinsversöhnlichkeit wird Freude bringen und Gediegenheit in alle Reiche Meiner grossgesprochnen Prophetie.

5.3

Von Meinem Hiersein nicht bedrängt, erweise Ich den Drängenden die Gnade jener strömenden Verheissung, dass sie Meiner Kräfte sich bedienen sollen in des Lebens Her und Hin. Altes dann gewähre Ich auf Meine Weise in der Aberrunden Zahl, die sie um Meine Mitte tatenfroh vollführen. Fahren sie ins Dunkle, send Ich Kraft zur Umkehr in ihr Wesen; führt das Lichte über ihrem Haupte sie zum seligen Begründen einer Gottesspur, Bin Ich ihr absoluter Hang zum Guten, der die Weltenlage ändert in Besonnenheit und Ruh.

Wie verschieden sind die Ziele derer, die da laufen kunterbunt einher; wie gesammelt auf das Eine, alle Welt zur Seligkeit erhebende Gestalten ist Mein Ziel. Wunderbare Wege führ Ich die Gerechten Meiner Tage; jeder Anstoss ist ein Drängen sie zu höherem Erkennen dessen, was sie sind in Meinem überwältigenden Mich-Verstrahlen. Weder Ebbezeit noch Flut sind Attribute Meines Seins im immerwährenden Mir-selber-Zugehören. Diskrepanzen mögen andere gen Himmel senden, Stossgebete ebenso im grossen Ringen um Erlösung von der Qual der Wünsche, die soviele noch beseelen.

Unantastbar Bin Ich das Vollendete in jeden Wesens Tabernakel, das sich unscheinbar ins Tagewerk verströmt, den Dingen ihre Richtigkeit zu geben. Weh und Glorie sind Zeichen Meiner Führung in der Evolution der Massen, wie im zarten Mich-der-Einzelzelle-Nahn im Wesenhaften Meines Ich-Seins in den Vielen. Spriesst aus Mir das Ungezählte, brauch Ich's doch in keiner Weise zu verlassen; schiesst Erkenntnis hier und dort hervor, ist's noch immer Meine in durchseelter Andacht und besänftigender Herzensruh. Wo Ich taufrisch Bin ist Frieden;

wo Ich Mich verwende, wendet sich das Blatt zum
Gütigen im trauten Umgang mit dem Fabelhaften,
das Mir eigen auf der Lebensspur der Vielen, die in
Meinem Takte gehn. Wandern, wachsein und dem
Sein genügen ist in jeder Weise Meines Mich-Ge-
habens das unendlich weise Ziel.

5.4

Mein Aufschwung ist im Wesen der Geschichtlichkeit verborgen; Meine Fragen sind gelöst, weil Ich
sie selber induziere. Kein Merkblatt ist vonnöten, wo
Ich ins Fallbeispiel des Schaffens steige; keiner
Warnung brauch Ich Mein Gehör zu neigen, weil
Mein Wille zum Vollenden alle Grenzen überflutet,
bis zum ewig festgelegten Ziel. Ein Ziel hat jeder
sich errungen, doch das Meine ist erhaben allen
andern und gewährt Glückseligkeit im Rauhreif, wie
im milden Abendsonnenleuchten in den Welten
Meines Mich-Vergebens. Bin Ich nicht im Klang der
Herdenglocken wie im Trauten einer stillen Stube
schön. Begriffen hat kaum einer, wenn Ich so in
Zeichen und in Zeiten der Gelehrsamkeit von Meiner
Sendung Kunde gebe; Erkennen übersteigt das
Wissen um die Gründe des Begründens, die sich aus
Mir, strahlenden Gewinns, erheben. Auf den Spuren
Meiner Forschheit laufe Ich Mir selber nach und
zeige Mir die graziösesten Gebilde aus Vergangen-
heit und zielbewusstem Streben. Sicher war Ich da in
Mich hinein zu lauschen, als einer Laute sanft-
gestimmtes Singen sich zum ersten Mal erhob. Wie
voller Unschuld sind die ersten Dinge, die Ich Mir
vergab und welcher Zähmung Kräfte braucht es nun,
das Ausgeuferte zur Sanftmut zu befrieden. Es
winden sich die Wesen wie in Träumen schlangen-
gleich voran und schieben Staub zu Staub in ihrem
Sich-Begründen, fern von Meiner Warte des Be-
sehns. Wie könnten sie Register ziehn des vollen

Orgelspiels, wenn sie sich Meiner Wirkkraft wirkungsvoll bedienten, allen dienend so zum Zeitenwohl. Meines Erbes Ebenmass wird ihre Holprigkeit besiegen und taufrisch die Spröde ihrer Lippen netzen, wie mit Balsam der Unsterblichkeit im seinsbegründenden Bewusstseinsspiel. Gehäutet, werden sie beim Flötenton sich voller Freiheitslust erheben und in wiegendem Begehren ihrer Abkunft Wege überschauen in der meisterlich errungnen Seinskultur.

5.5

Wer empfindet mehr denn Ich des ganzen Weltgeschehns Verfügen; wer neigt sich überwältigender über der Gestirne aberwitzige Bahnen. Heimat jeder Scholle, Anspruch jeglichen Empfindens Bin Ich, lautlos, hilfreich und verschwiegen. Was gesammelt ist, versammelt sich in Mir; wes Trauerflor sich wiegt in Winden, darf sich Meiner Nähe sicher sein, denn Labsal Bin Ich den Verfemten, Adlerhort der Sehnsucht den am Leben Leidenden auf Meiner Spur. Ziele Ich, so ziele Ich auf Meine eignen Nöte; weise Ich Vollenden ins Gemach der Hoffnung, hat sich Meiner Tugend Kraft aufs köstlichste bewährt. Die Lampe glüht für alle, die sich um sie schmiegen; das Heil wird denen offenbar, die Meines Lichtes sich gewiss sind in den Sphären.
Wie sehr sich viele Dinge auch entarten, artig Bin Ich immer im geheimnisvollen Zug, die Güte auszuleben. Jeder straft sich selber, wenn er meint aus eignen Kräften gross zu sein, weil sich der Trugschluss immer rächt und die Gesetze Meiner Treu nicht mit sich spassen lassen. Mancher wird mit Wehmut sich der Zeit der Unbescholtenheit erinnern, wo ihn noch der Flügel Meiner Weihe streifte und der Seele Glaubenskraft verlieh. Nach wieviel Runden des Entfremdens wird er dann erneut zu Mir sich finden und Verheissung um Verheissung seinem

Leben einverleiben, wunderwirkend, wesensbildend und gediegen.

Was ihm Not tut ist Erkennen dessen, was Ich in ihm Bin an unerschöpflichem Gewalten, an verspielter Zärtlichkeit und an Geduldeen über alles Mass. Nur so ist alles zu erklären, was sich abspielt in der einzelnen Regie, im Hin und Wider zeternder Gezeiten, wie im Siegeszug der Weltenweisheit, unbemerkt auf leisen Sohlen.

Ja, die Dinge wenden sich so unfehlbar Mir zu, wie sich die Nacht zum Tage wendet und die Blüte zum Verwelken, um in Meiner Glorie wieder aufzustehn. So summt sich jedes Lied ein Amen und begehrt noch im Verklingen, eines neuen Schwingens Anstoss und Gefährt zu sein im überirdischen Gewahren.

5.6

Weltverhangen, Gottverhangen ist die Agonie der Meister, wenn sie an der Schwelle eines neuen Seinsbewusstseins stehn. Sammlung aller Kräfte puren Glaubens, namenlosen Hoffens, wie der Lebensliebe Herzensschlag sind vonnöten, um der dargereichten Schale des Verzweifelns zu entgehn. Nur das Haupt noch neigen und dem Schlafe sich vertrauen wollen sie - und können ihn im Schmerz nicht finden. Wachsein in der Not und Bitternis ertragen, Stund um schwere Stunde ist ihr Los im Tal der tiefsten Menschlichkeit, das ihrem Sein erkoren. Klagen nicht, nur für den Seelenaufschwung einer Menschheit so zu leiden, ist Devise ihres Seinsgewissens; mutvoll wie im Feuer des Versengens stehn, ihr Sinn für Läuterung und Prüfung vor dem demutsvollen Weitergehn in neue Sphären.

Denn: "Siehe da, ein grosses Licht", wird es auf einmal heissen. "Deiner Wunden viele sind gestillt und eine nie erlebte Freude soll dein Herz durchziehn im Angesicht des Wunderbaren, das vor deinem

Antlitz sich verbreitet und die Lebenswonne wie mit tausend Engelsflügeln dir vermehrt."

Das ist das Neugeborensein in andre Welten, mitten in der unsern, als ein Akt des weiterführenden Bewusstseinsklärens. Froh und heiter Himmelsluft zu atmen, ist der Benedeiung Stoss ins Sein der Friedefertigkeit im Ruhn. Das Ich Bin erfindet sich in neuen Dimensionen und geht, neuer Tugendstärke voll, ans Werk des Lösens und Erlösens aller Wesen auf der Weltenspur. Gesagt ist, dass die Seinsgeschwister sich auch helfen sollen in der tausendfältigen Verquickung des Geschicks im langen Werden und im wunderbaren Auferstehn zur Fülle des Erwachens in der Seinsmagie. Weder Zeit noch Weltenort ist ihres Aufenthalts Befinden; nur Herzensweite und bewusstes Atmen in der Glorie des Allbegreifens stillt ihr Sehnen nach der absoluten Freie in des Urgewissens Schoss.

5.7

Die Liebe ist die Wiege des Gesundens aller Gegensätzlichkeiten in der zeitbedingten Schwere. Solang die Hirne noch im eignen Safte schmoren, können sie den Faden, der sie all umschlingt, nicht sehn. Losgelassenheit bedeutet, andre wie ein Eignes mit Vernunft und wägendem Empfinden zur Betrachtung auserlesen und danach die Haltung zu bestimmen, die sich gegenüber ihrem Weltengang gebührt. Wie ein Eignes sind auch wir in alles eingebettet, was da Ist und seiner Kreise sich erfreuen möchte, selber sich zu Lust und Schaden. Du Bist im Kleinen wie im Grossen ohne Übergang ein Objekt der Eigenheit der Sphären und bewegst dich wie im Traum noch mitten unter Geistergöttern, die dein Sein in ihrem Schicksal einverwoben sehn. Was du tust ist ihres Tuns Bedrängen, was du unterlässest, sitzt in ihres Unterlassens Pol. Du könntest besser dich als Ich bezeichnen, wenn du ihres Seiens Würde in die deine einbezögst; du würdest handeln wie mit Kraft des Donnerrollens, wenn dein Wesen, voll vereint dem ihren, einer Welt sich stellte des Verrats. Jede Form des Nichterkennens muss vor der Bewusstseinsklare weichen, die die Auferstandenen beseelt, denn Wahrheit ist dem Lichte gleich ein unbesiegbar tätiges Verschwenden.

Hochzeit in der Bräutlichkeit des Seelenkleids erleben ist das Ziel, das sich die Götter für dich ausersehen haben. Enthältst du dich dem eigenen Gebrumm, wirst du den feinen Minnesang nicht mehr zerstören, der sich aus ihrer Mitte Herz- um Herzlichkeit erobern will, die Güte allen Seins zu mehren und den Treuebruch zu heilen, der sich durch soviel Wesenswelten zieht.

Der Sorge um das Wohl der Einheit ganz dahingegeben, wirst du ihres Glanzes Zierde, und der Lohn der Einsicht wird dich für dein Sehnen reich entgelten, unbeschwert und frei zu sein in allen Herzensdingen. Reich und heilig ist der Weg, der sich vor deinem Schreiten in die Ferne breitet einer gloriosen Zeit, in der die Weise deines Schauens sich zum Ursprung wendet deines Seins und sich dem Allsein in bewusster Seligkeit vermählt.

5.8

Absolute Leggerezza beflügelt den, der in die Seinsgestimmtheit sich erhob und über allem Wankenden des Weilens sich erfreut im Ewigen, als seines Wesens Wucht und Weihe, Labsal und Begründen. Wo Stuck zerblättert, Risse laufen und die Krise allgemach ihr Mäntelchen verhöckert, Bin Ich, jedes Bangens bar, der Einzige, der in sich selber seiner Kräfte sich gewahr ist und sie spielen lässt zu neu erfundnen Zwecken und Befunden in der schöpferischen Trift, die Mich beseelt. Gesagt, getan, ist immer die Devise Meines Seinsgebärdens, auferlegt und abgelegt das Wortgeflügel, das sich durch die

Sphären schwingt in Meinem Gluten.

Deinerseits ist stets ein spöttisch Lächeln mit im Spiel, ein Quentchen Launenhaftigkeit und der Versuch, die Dinge noch im letzten Augenblick zurecht zu biegen, dass das Auge ihres Funkelns sich gewahr wird im verführerischen Scheinen. Ach wie vieles ist noch trügerisch in dem, was die Beherzten für sich ausgemacht zu haben meinen. Alles ist ein Floppen im Vergleich mit Meinem unnennbaren Rauschen der Beständigkeit im Wachen. Niemandsland, das du betrittst mit jedem Schritt in Meiner Gründe Tragen und für dich nimmst in Beschlag in selbstverständlichem Agieren, wenn dein Sinn sich aufschwingt, Unergründlichkeiten zu. Lass es gut sein, wenn die Wasser tröpfeln erst aus wohlgestalten Röhren; einmal werden sie dein Sehnen kühlen dir in vollem Strahl und deines Seligseins Vollenden dir verkünden.

Nöte sind die Mahner auf der Fahrt ins vielgelobte Land der Mustergültigkeit im Schauen, Kapriolen die Verheissung einer nie versiegenden Lebendigkeit, die von Mir ausgeht und zu Mir sich wieder wendet, früh und spät und sanfte und verstiegen, je nachdem wie das Bewusstsein sich die Fährte legt des unaufhörlichen Beginnens und Beendens in des Daseins Lust und Qual. Einen Tollpatsch hab Ich jüngst gefunden, einen Jünger und die Weste eines Weisen, allesamt in Meiner Kür des Mich Erfindens und Beglückens in der Szenenfolge des Geschehns.

5.9

Was raschelt sich zu Meinem Sinn empor? Die Lebensbrandung aus der Völkerschaft Gefüge. Was ist Schicksal, das Ich Mir beschwor? Mein Weltensein in jedes Wesens variationentriefendem Befinden. Nun denn, wo bist du, der Mir dies besagt: "Ich Bin Mein eignes Unterfangen." Wer hat das Wort sich abgejagt, dass ihm allein die Dinge der Allherrlichkeit gelangen. Gesprächig schon, doch ohne Kraft im Spruche, sind die von Selbstgefällig-keit befleckten Jünger des Erbarmens Meiner Schaugebärde. Wesenswirr ist noch ihr höchstes Intonieren neuer Weisen, wenn sie hinter allem Mich nicht sehn. Ihr Sein als das Ich Bin zu spüren und mit verbrieftem Grundrecht als das einzige zu benennen, ist ihr immanentes Ziel; ihr Sinnen mit dem Meinen gänzlich zu vereinen, Meines Wirkens Herzensgabe durch Äonen.

Was macht, dass noch die Selbstsucht all so prächtig blüht in Meinem prachtvoll angelegten Garten? Weil ihre Wachheit blind ist vor der Seinspotenz der übersinnlichen Bewusstseinsklare. Trösten will Ich die und fördern, deren Tappen neue Weiten sucht in ihres Daseins Widerwärtigkeiten; wie der Blumenkelche Farbenspiel soll ihre Seelenaura sich an Meinem Strahl erröten. Viele sind und wenige begreifen wie ihr Sein in Meiner Gnade sich verliert; all so vielen ist der Unverstand wie tätowiert auf ihre blanke Haut geschrieben.

Das ist die Lage, das ist Meines eignen Werdens Sinngedicht im grünenden Gewaltenpool. Mich selbst verschmähend trag Ich Wasser auf die Mühlen der Vergänglichkeit; Mein Sein erhöhend Hecht Ich Kränze des Beglückens auf die Häupter derer, die erkennen, dass sie in Mir sind das Ein und Alles in den geistdurchsonnten Sphären.

Was ist das Wesen reiner Grazie, wenn Ich nicht vor der eignen Würde Mich verneigen kann im Würdigen, das sich aus Mir erhoben. Wo Bin Ich seliger, wenn nicht in dem, was heimgekehrt ist aus Verlorenheit und Tücke in Mein innerstes Gemach, in dem das Heil zum Bade sich bereitet jedem Spross der Liebe, wo der Glanz des Absoluten in erhabner Milde sich verströmt und jedes Seelenabenteuer sich in überbordender Bewusstseinsklare vor dem Eigensein vollzieht, das Meins ist, in der Weisheit des beschwingten Allerscheinens.

5.10

Das Verhältnis mit den Meinen ist der Lage des Bewusstseins unterworfen, der Ich Mich versichert seh. Ohne Zweifel kann Ich Mich vollends der Turbulenz enthalten, die an Meinen Rändern Meines Willens Einheit kräuselt und Mich auf die Mitte Meiner selbst besinnen. Hier bedeute Ich Mir Kräfteglanz und Wohlfahrt in der reinsten Weise des Erlebens allererster Wirklichkeit in sinnender Bewusstseinsklare. Bar des Messens irgendwelcher Grössen Bin Ich Mir das Absolute, das im Sein an sich Genüge findet und Bedeutsamkeit und Schlichtheit wesenhaft in sich vereinigt, ohne es zu wissen. Augen überall und nirgends sind das Zeichen Meiner Seinsversunkenheit in so verborgnen Tiefen, dass Ich Mir selber zum Geheimnis werde, reizlos, ohne Wünsche, stillen Heiterseins für Ewigkeiten.

Dem Klang der einen Liturgie dahingegeben Bin Ich Mir der Unbeschwertheit Innbegreifen in der Gediegenheit und Trautheit nie versehrter Ruh, die von Mir ausgeht und in Mir sich wieder findet im beglückten Atem der Unendlichkeit. Sein im Sein ist Meiner Gegenwart geheiligtes Empfinden, augenlose Wachheit das berückende Gefühl der Allpräsenz im Mich-allüberall-Erfinden. Denn: Fall ins Räumliche stell Ich dar, wie das Herausgehobensein aus allen Dingen der Gemeinsamkeit mit Mir. Das Feste bleibt nicht an Mir hängen, wo Ich Mich in Meinen Urbegriff verzieh, das Träumen hört dann auf, wenn Ich das Wirkliche als das Ich Bin bewusterweis erlebe.

Treu dem Trachten nach Beständigkeit vermeid Ich's hier, Mich zu entehren mit Geselligkeit im Sinn des Seinsverschmelzens mit dem Umraum Meiner Züge. An so verflüchtigter Gestalt kann sich kein Wesen halten aus dem Reich des Wallens und Sich-Ballens auf und nieder, her und hin. Gelöst Mein Sosein vom Erlösen; eingeräumt wird keine Dauer dem Bedauern und kein Singsang tönt ins Schweigen namenloser Wonne, die Mir eigen ist im Gleichnis Meines Fernseins mit der Näh. Behutsam lass Ich auch die letzten Bilder von Mir fahren und entleibe Mich der letzten Leiber, um das Auferstehn zu feiern ins Mysterium des Nicht-Seins ohne Spur.

Was mag nun schwerer wiegen auf der Waage dessen, was da ist: Das Sinnenfällige, das sich mit soviel Pomp umwuchtet, oder das Dahinter, das wir allzuleicht und allzugerne übersehn. Es ist, dass die Gewichte sich verschieben im Bewusstsein derer, die da laufend ihres Seiens Note neu bedenken und in ihren Gründen neu und neue Hintergründe sich eröffnen sehn. Einmal wird sich das Gewichtigere als gewichtiger erweisen; das Ich Bin im Menschenherzen tritt hervor und überwiegt fortan das sich so schwer Gebärdende mit Leichtigkeit im Zug der wahren Sinnkraft in den Sphären.

Was Ich Mir da gewähre steht dem Nimbus jeder andern Wirklichkeit wie Tag und Nacht entgegen. Gedanken sind die Hebel des Bewegens aller Dinge, und Gefühle lodern wie der blanke Feuerschein dem Angesicht der Welt entgegen. Das Verborgene wird offenbar und das vom Wind Bewegte wird zum Schein im Aneinanderreihen des Erscheinens. Wer will, dem teile Ich des Unterscheidens Gabe zu; wer Wahrheit sucht, dem will Ich sie erfinden; nur Gehetzte kommen nicht vom Fleck im Seinsgewahren.

Bist du eine Note, Bin Ich deines Wesens Melodie; stapfst du still voran, Bin Ich der Weg der Wege, die du gehst und Bin der Hang zum überwältigenden Schauen auf der Spitze deiner Sendung Meinen Gründen zu im Seinsnatürlichen. Was sich anzieht, will sich bergen in der Einheit, die sich im Durchdrungensein ergibt; wem sich das Ich Bin eröffnet, weiss um seine Würde und bewegt sich wie der Tänzer auf geschliffenem Parkett in meisterlicher Kür durchs Leben. Eine Spanne Zeit ist seine Flamme vor dem Augenmass zu sehn; eine neue Spanne birgt er sich in reinen Tönen und erscheint in neuer Form, den Reigen seinsgeschichtlicher Gebärden zu vollenden. Immer darf er das Ich Bin in seiner Mitte tragen; immer ist sein Wesen Wesensteil der Einheit aller Dinge und Gegebenheiten, die sich seiend und gedeihend in sich selber freudevoll erfährt.

5.11

Wie heil Ich Mich von allem Wähnen wie die Dinge seien, ohne dass Ich, wie sie wirklich sind, gewahre? Durch direktes Anschaun, in Versenkung, Stille und Behutsamkeit, dem rationalen Denken abgewandt auf Götterspuren. Das Dichte wird dann geistbelebt, das Leben lebt sich selbst in friedevollen Dimensionen und vermittelt Heil und Seligkeit den Frommen, die in seinem Dienste ihre Zeit verbringen. Distanz im Schauen und bewusstes Allem-Innewohnen sind dann eins im offenbaren Sein, das, aller Wesen Inhalt, sich erkennt im Wahren, Wirklichen und Guten.
Jedes Für-sich-selbst-Geniessen trennt, jedes Seinsumfangen mit den Blicken überirdischer Vernunft verbindet die geschichtlichen Gestalten zu der einen Grossgestalt, die alles in sich trägt und alles fügt und reinigt und vollendet, ihrer eignen Gunst zugunsten in der Aufeinanderfolge der Äonen. Wer dem Strom der Evolution sich einfügt und bewusst in Seinem Wallen seine Wissenschaft vollzieht, bewegt sich auf der rechten Fährte und befördert, was dem Ganzen dient im eignen Aufschwung zur Allherrlichkeit der Sphären. Von Tagedieben nicht beirrt und von der Witterung der Massenmeinung geht er seinen Weg der Seinsgelassenheit und des Empfindens wachsen-

der Glückseligkeit im Unbedingten. Zoll um Zoll wächst er im Innesein zur Götterherrlichkeit empor und trägt Bedeutung und Berufung in den Wandel seines Lebens.

Das Ich Bin blitzt auf vor seiner Sinnkraft und beweist ihm seine Rolle in der Vielfalt des gesetzten Rollenspiels. Werden wird zum Sein im Werdegang der Zeiten; freudevolles Ahnen steigert sich zum jubelnden Gesang im Reichtum der Erlösten, die in Wachheit, Dankbarkeit und Wonne vor dem Höchsten stehn.

Alle sind zum Sein berufen, allen wollen alle Wege offenstehn, doch vielen ist es noch ein Rätsel, wie sie sind und was sie wollen, das sie in der Kindschaft ihrer Tage sehnsuchtsvoll umkreisen.

5.12

Dem Prozess des Spürens unerhörter Gegensätze ganz dahingegeben siehst du dich in Mir im Augenblick im Reinen, wenn die Seelenaugen offen sind dem Bildnis des Erhabenen, das dich durchzieht und das in jedem Fall auch des Erhebens Grazie gewährt dem unstillbaren Sehnen.

Wie kommen wir dahin, uns wie die Kindlein in den Windlein in Geborgenheit zu fühlen. Durch den Reiz, den das beglückende Besinnen auf die Götterdinge in der Seele auferweckt im Wandel des Bewusstseins von der Lebenskür. Wir gehen hin und kehren wieder wie des Pendelschlags Erschlaffen, wenn wir nicht am Ort der Kraft uns neue Freuden einverleiben für die Grosstat des Beharrens auf der Götterspur. Die Mittel sind uns längst gegeben, die uns führen in die Freiheit von den altgewohnten Dingen des Verführens und der Lebensnot. Im täglichen Beginnen laufen sie uns nach und heissen: Wille zum Versöhnen, Weisheit des Entscheidens, Güte und Gelassenheit im wunderbaren Einklang mit den Regungen des Seelenseins im Sang der innern

Harmonie. Was unsre Welt erschafft sind alleweil die eigenen Gedanken, deren Spur wir folgen müssen offenbar. Nun denn, so machen wir sie gross, um Grösse zu erlangen, tapfer, um im Heldentum die Siegesläufe zu bestehn in unsern Gauen und geschmeidig, dass sie jeden Stoss parieren, der uns werfen will aus unsrer Bahn.

Was uns ziemt, ist eines feinen Lächelns fürstliches Gehaben im Angesicht der drohenden Gewalt, die uns will beugen. Unsre Minne mit dem Ewigen gereicht uns immerdar zum Wohl und lässt uns unfehlbar das Rechte tun und das Gerissne lassen in der Szenenfolge unsrer Taten. Froh und frei aus innerstem Behagen dürfen wir von Tor zu Toren gehn im weiterweisenden Besinnen auf das Göttliche, das uns beseelt und das uns Wege öffnet weihe-vollen Schreitens, die wir nie gesehn und deren Zauber uns beglückt und lockt zum strahlenden Vollenden.

Lass Mich die Weise von der Allnacht singen, in deren Räumlichkeit die Sonnensterne glühn. Aus ihnen strömt gewaltiges Gewalten in den Umraum, das die Wesenswelten bildet und beschenkt im überwältigenden Strahlen. Oh und Ah sind angebracht im Blick auf die Zusammenhänge, die das Grosse mit dem Kleinen wunderbar liieren; Kräfte sind zu schauen und bestaunen, die nicht in den Büchern der Gelehrten figurieren.

Licht ist Leben heisst es allenthalben, doch wieviele können in der Sonnenaura mehr als blosse Helle sich erklären. Die Gesetzlichkeit im Wachsen jedes Keims kommt nicht von ungefähr, sie ist den Kräften mitgegeben, die das All durchziehn und die in jeder Weise mit Genie begaben, was da kreucht und fleucht und sich in selbstverständlichem Gehaben der Natur bemächtigt, die so sanft und hilfreich ihm zu Füssen liegt.

Jede Gabe will gepflegt sein und erheischt im Gegenzug ein Sich-Verschenken der Beschenkten an die Weiten des Azurs in unaufhörlichem Beglücken der Planetensphären mit Gesinnungen des allgemeinen Wohls. Wir sammeln ein und breiten aus mit jedem Atemzug; wir horten und entlassen dutzendweis Gedanken und Gefühle, ohne uns besonders um das Wenn und Aber ihrer Existenz zu kümmern, doch in ihnen wird die Welt in ihrem Spielraum kleiner oder wunderbarerweise gross. Viel mehr noch ist der Schauplatz unsrer Taten das Geheimnisvolle, als das glitzernde Banale, das wir mit gesenkten Augen vor uns sehn. Wir sind im Felde der Unsterblichkeit Unsterbliche, die ihre Bahn im Bunde mit den Göttern ziehn und ihre Dienste nicht verschmähen sollten, weil wir sonst das Wirkliche verlieren. Im Alphabet der Hoffnung glänzen grosse Namen, denen wir vertrauen können im Bestreben eins zu sein mit allem, was sich zeigt und sich verbirgt im Wesen der Natur wie in den Götterreichen.

5.13

Denke dich, um alles zu bedenken nur vom Oberen zum Unteren in deines Denkens Stil. Leiste dir den Aufschwung in die höchsten Sphären und beginne dort, den Haspel der Ereignisse im Weltenwerden abzudrehn. Was sich ziemt in deinen eignen Runden wird von dort ins Licht getaucht des überragenden Gebietes; was dein eigen ist, ermisst sich an der Eigenständigkeit der Grossen, die in dir ihr Werk vollbringen.

In der Zeit der Redlichkeit lass alles Sinnen los und richte dein Beschauen auf den Augenblick, wo dir die rechten Dinge spielend ins Gewissen fallen. Denen magst du dich vertraun, die dich vom Born der Weisheit mit holdseliger Fülle nähren. Ihres Rankens Rundgesang ist voller Phantasie und ihrer

Stärke Gabe die Gediegenheit im dargelegten Plan. So fügt sich Bild an Bild in ihrem Sich-Erbilden deinem Schauen zu und belebt dein Lebenspanorama mit erquicklichen und buntgescheckten Szenen.

Was das Sein betrifft, so sind die Götter deinem im Bewusstsein überlegen, in der Substanz jedoch ist jedes Wesen gleichermassen mit dem Odium begabt des Allerhöchsten, das sich denken lässt und das sich dauernd in die Fassungslosigkeit entzieht, dem Blick entschwindend des Begehrens. Nur die rigorose Sanftmut und die Feinheit des Empfindens mögen das Ersehnte auferstehen lassen vor dem Auge des Erkennens in des Daseins wohlerwogenem Gewahren. Es formieren sich der Selbstheit Züge als die Züge des Urewigen, das sich im Leben auslebt und im Sein in ewiger Gestilltheit seiner Wurzeln inne bleibt, die Tagesblüten zu befruchten. Wie so leicht lässt sich dies alles sagen, wenn es als Wirkliches vor dem Betrachten steht, wie schwierig ist es zu erlangen, wenn der Druck der Zeiten das Gemüt belastet und die Übermacht des Schicksals die Geschöpfe wie die Hasen hetzt, beinahe ins Verderben. Die Wände horchen und die Geister haben feine Ohren für den Schreckruf der Verfemten, die zuletzt nur noch im Seinsvertrauen ihre Rettung sehn. Was recht ist, wird sich ihnen dann erweisen, was Gerechtigkeit im Einzelnen vermag, wird ihres Glückes Zeichen sein, wenn sie es rein und heiss begehren.

Dem Sein entwunden und vom Sein geehrt ist alles, was wir in und um uns haben. Vom Seligsein betroffen ist die Demut, die bei sich selber Einkehr hält und das Gewaltige an sich in ihrem Schauen findet.

5.14

Eine Frage lässt sich stellen in des Stellens riesenhafter Wahl: Hat der Mensch das Kosmische erbaut, oder hat sich Kosmisches ins Menschenbild ergossen? Hat schon jemand für das Erstere plädiert? Ich glaube kaum. Das zweite aber wird so oft verleugnet, weil gewisse Kräfte Nutzen daraus ziehn.

Das Erbauende behält den Bau im Auge unfehlbar als Hochgewinn und Eigentum zu weiterem Verfügen. Was dem Logischen entspringt, wird deshalb angetastet, weil die Denker menschlichen Geblüts zumeist noch nicht sich selber denken sehn aus höherem Begründen. So fehlt die Sicht vom Makrokosmischen zum Mikrokosmos, der wir sind und damit sind wir in der kleinen Ich-Bezogenheit gefangen und versuchen, alles Grössre aus uns selber abzuleiten. Welch ein Schade. Denn es gilt zu lüften diesen Trauerflor in unaufhörlichem Sich-selbst-Bescheiden vor der Fabelhaftigkeit der höheren Wesen, die ihr Sein verwirklichen, indem sie auch das unsre sind in strahlender Potenz und im Bewusstsein reiner Liebe zu den Wesen ihres Sich-Verbreitens im Planetensaal. Wer dies fassen kann, gewinnt das grosse Los, das ihm den Reichtum eines neuen Weltgewissens schenkt aus Scheffeln prall von Weisheit und Gewiegtheit, die ihm fortan offen stehn. Nicht Verheissen, sondern wirkliches Erlangen teuft sich in die Brust der nach der Wahrheit Brünstigen und lichtet ihr Befinden in der Weise des Erkennens der Zusammenhänge im allweiten Chor. Trost und mehr als Trost ist dies im Wisch-wasch einer Tagesschau von grandiosem Sich-Verblöden. Trug wird zum bewussten Tragen eines Ewigkeitsgewölbes, unter dem die Myriaden Sterne ihre Stätte finden. Was sich aus sich selber schafft ist so erhaben, dass kein Staunen noch an Es heranreicht in der Staunensprozedur. Dass es aber als Ich Bin sich in das Minikrime senkt und dort sich selber sein kann, ist noch staunens- und begehrenswerter, als die grössten Schätze, die die Welt zu bieten hat der Raffgier der Profanen.

Im schlichten Seinserkennen steckt die Urkraft allen schaffenden Genies und offenbart sich alles Heile und Geheiligte in vollen Zügen. Keines Reichtums mehr bedarf dies Schauen, weil es selber aller Reiche sich bewusst ist, deren Schlüssel ihm gegeben. Was die Sage noch diskret betupft, ist weitgedehntes Panorama dem Gewinner auf dem Berg der überschauenden Gewähr, die sich wie Milch und Honig ins Empfinden giesst und Seligkeit entzündet sonnenklar.

5.15

Es weiten sich, erweitern sich die Sphären des erhabenen Beschauens in der Stille, die Gestilltheit des Gemüts erzeugt und Wachheit im gelobten Land des übersinnlichen Gewahrens. Bedeutsam ist, dass sich die Winde hier nach Meinem Willen durch den Raum bewegen, dass alles sich zum Guten fügt in wunderbarer Weise wie von Zauberhand geleitet und dass Meinem Sinn gemäss die Dinge einen neuen Namen tragen, der aus der Liebe sich ergibt zum Wesenhaften in des Überschauens Transvestie. Nun komm und sieh, wie glatt und glorios ein Stäubchen sich erhebt im Sonnenstrahl, dem Schwergewicht entgegen, wenn es von Wärme ganz umgeben und Behutsamkeit in Wonnen schwimmt von seligem Behagen. Wieviel mehr verschwimmt ein Seelchen in der Seligkeit des Äthers, wenn die Liebe es durchsonnt, der es sich traut dahingegeben. Das Reich der grossen Taten ist von luftigerer Dichte, als das spröd gewordne Weltenhaus, dem sich soviele bis ins Mark verhaftet fühlen. Voll Kraft und Seele wirkt, was wir nicht sehn, die Dinge, die wir selber zu bewegen glauben in der Richtung des Vollendens eines sagenhaften Ideals. Nicht uns ist es gegeben, einen Weltenhebel anzugehn, doch in uns gehn die Geister auf die Weide der Geschichtlichkeit und drängen und bedrängen, wallen und befallen, stossen und bestossen in der Völker Millionenkämpfen, was nach ihrem Sinn sich zeigen soll im Wettlauf der Titanen.

Wie und was sind wir, wenn wir uns nicht den guten Kräften ungesäumt verbinden und auf ihrer Seite streiten um Gewissheit in der göttlichen Gewähr. Denn nur in ihrem Sein ist wahre Trautheit zu erringen, ihnen nur ist truglos alles untertan, was sich ergibt aus so und soviel Kombinationen. Das Heil ist nur im Heiligen zu finden, die Ruhe nur im Auge des Zyklons, in dessen Strudel wir gezogen. Macht- und geheimnisvoll zugleich verkünd Ich unfehlbare Stärke für die Meinen und beglaubige in ihnen Mein unendlich grossgewachsnes über aller Schöne schön geschautes Ziel.

5.16

Der Wächter wacht, wenn alle Sinne schlafen und
gleitet, einem Adler gleich, dahin. Geschärften
Blicks erweist er sich die Gnade des Beschauens
und weiss die Dinge sonnenklar in seinem Sinn.
Nun gilt es, Sicht um Sicht an jene zu verteilen
die sich dem Aufschwung glühend weihn
und ihres Herzens Weh zu heilen
im wohlgeformten Weltenreim
Manch einer hat sich schon verstiegenin
in seines Eigenwesens Narretei
und frönte tückischen Intrigen
im kunterbunten Einerlei
Doch wenn er sich am Ende wähnte
von seiner Weisheit wirrem Stil
war es, dass ihm von innen schwänte
ein neues, wohlgesetztes Ziel
Das ihn aus segensvollen Gründen
in seines Schreitens frohem Tun
voll Kraft und Siegeslust liess münden
in selig, seinsbedingtes Ruhn

5.17

Woraus ergibt sich für den Einzelnen der Inhalt seines Wesens: Aus Erfahrung, Willenskraft und Tun im Zeitlauf von Äonen. Sein Existieren hebt sich aus dem Dunkel der Unfasslichkeit und weitet sich zum strahlenden Bewusstsein der Alleinheit in so zauberhaften Höhn, dass er darob begeistert ausruft: "Gesegnet bist du, Seligkeit der Sphären, die Mich liebelicht umhüllt in Glanz und Wonne, in Gerechtigkeit und Frieden, Tiefsinn und Beschauung und in unermesslicher Begnadung Meines Seins im Seinsverschmelzen." Alle, alle sind berufen, diesen Weg zu gehn, denn die Einheit kann sich nicht zerteilen. Deines Einzellebens Fülle kann nicht in die Irre laufen und erhöht sich selber mehr und mehr.

Das Bewusstsein von sich selbst ist unsrer Zeit vonnöten, das mähliche Erkennen der Bedeutsamkeit erhabener Gedanken und der Wille, grosses im Entfalten der Persönlichkeit zu leisten. Das Sichtreiben-Lassen bringt Enttäuschung und Verluste, das Gestalten jeden Augenblicks Gewinn und gute Laune, ohne die kein Wesen in sich selber Ruhe findet und Gelassenheit im Weiterstreben. Jeder ist so leichten Frohgemüts, wie sein Bewusstsein ihm gestattet, es zu sein. Und das Bewusstsein ist mit soviel Schwere noch und angeworfenem Ballast versehn, dass nur die Besten, nach Befreiung Brünstigen sich zu enthalten und entfalten wissen, bis sie segeln leisen Seelenflugs dahin, wo keine Sorge mehr bedrückt und nur die Andacht vor dem Sein im reinen Wohlgewissen gegenwärtig ist dem glückbegabten Wesen. Ich Bin Das, wird es dann zu sich selber sagen und begreifen, wie die Dinge wahrhaft liegen im erwählten Kommen und Vergehn.

Leichten Herzens wird die Leichtigkeit empfangen, heitern Sinnens das Unendliche der wissenden Vernunft und des befriedeten Empfindens.

5.18

Ein Tor, wer nicht der Tore sich besinnt, die in den Himmel führen. Die Legende sagt, man brauche nur drei Fragen sich zu stellen: Bin Ich lauter, Bin Ich wach und Bin Ich heiter, um herauszufinden, ob die Lebensdinge unserm Fortschritt günstig liegen. Trag Ich jene drei in Mein Gewissen, dass sie nimmermehr verlorengehn, ist alles gut und alles Gute steht Mir offen im Vorübergang der Szenen. Qualität des Seins ermisst sich am Vertrauen, das Ich in Mich leg, den Weltenlauf zum Recht zu führen überirdischen Begehrens, ohne trauernd hinter Mich zu sehn. Was Mir frommt, frommt allen Seinsgerechten und bedeutet Wohl im Wehe, Freude unter Zähren und bedingungsloses Sich-der-Meisterschaft-Bedienen in jedwelcher Weise des bewussten Vorwärtsgehns. Lippen sind gesprächige Begleiter unsres Paradierens, doch Taten nützen mehr und wollen mehr an Saft und Kraft, als manche schön gefärbte Wortvergabe. Das Vertrauliche lässt sich am besten im Verströmen der Gefühle sagen; Liebesgunst ist feiner Günste feinste und vermag in soviel Fällen noch das Blatt zu wenden, wenn schon längst die rohe Muskelkraft versagt. Es finden sich die Findigen auf eine Art, die über der Verständigkeit der kreisenden Gedanken liegt und die ein Spüren ist von Strömungen der Güte oder Willkür, die von jedem ausgehn der Geborenen. Die Sympathie macht vieles besser als das Nörgeln und begünstigt das Zusammenleben zäher Charaktere so, als wärs ein Camp der Hoffnung, das sie vor sich sehn. Wollen wir Gerechten gleichen, laden wir uns keine Kümmernisse ins Gewissen und verbreiten Sicherheit und Klarheit in der Runde des Natürlichen, das uns als Fragendes umgibt und dem wir unser Sein als Antwort übergeben sollen.

Mit Worten zünde niemand an; vielmehr sind viele Brände noch zu löschen, wenn die Klugheit die

Gemüter kühlt und sie dem Takt der fliessenden Versöhnung anvertraut, in lächelndem Vergeben.

5.19

Hüll um Hülle gilt es zu durchstossen bis zum Einzigen Ich Bin, das bei sich selber Einzug hält in unaufhörlichem Begnaden. Weil an Welle wirft Es sich an Seine eige-nen Gestade, Seinsvertrautheit um -vertrautheit trägt Essich im Stillen zu und hütet, was Es in sich Ist, als eine Unermesslichkeit von Preziosen. Nie gescheitert, nie verlassen zelebriert Es Seiner Stärke Wohllust seit Äonen und beweist sich selber aller Tugenden Gewähr in einem Soll von überragendem Vollbringen. Makellos sind Seine Künste, makellos ist das Ich Bin in jeder noch so minikrimen Ranke Seines Sich-Verspielens. Bin Ich das Ich Bin, so sind die besten Früchte reif in Meinem Mich-Beleben; reis Ich im Bewusstsein durch den Wohlgehalt der Welten, reiht sich jauchzendes Begeistern an Begeistern ob der Kühnheit des gestaltenden Elans, der sich mit Vehemenz ins Allessein gegossen. Galaxien sind dort schiere Lichtlust, sich versprühend ins Unendliche des raumerschaffenden Gefühls. Des einen Geistrufs Tönen wirbelt sie in Kreisen durch die Urnacht und vergibt sich ohne Unterlass ans Auferstehen ihres Wohls. Gewaltig ist das Ringen um die letzte Klarheit in den Weltenzügen; Erhabnes prallt auf träg Zurückgebliebnes und befördert und vergütet und erhebt, was sich erheben lässt in jedem Winkel der Unendlichkeit. Wer Einhalt wünscht, wünscht Kälte in den Gluten; wer sich heraushält stürzt ins Bodenlose und verletzt die Regeln des glückseligen Erschaffens aus Gelegenheit, geballter Willkür, Können und Vollbringen.

Alles ist erfüllt vom Lobgesang der Seingewordnen Wesen, die in Andacht vor dem Einen, vor sich selber stehn und wie Sirenen ihre Seinsgeschwister heimwärts rufen. Alles webt und hebt sich dem Urewigen entgegen, dessen Ausgang in Gewissheit mündet der bedingungslosen Glorie, die aus allem sich erkürt und deren Glanz sich weitet, in den Aberwitz der Sphären, wie ins absolute Seligkeitsgewissen des befriedeten Gemüts.

5.20

Der Morgenstern der Hoffnung leuchtet wie die lautre Liebe schön vor allen, die ihn schauen mögen. Was das Vorwärtsschreiten stählt, ist immer das Bewusstsein des Erringens einer wohlerwogenen Beförderung der Dinge unsres Daseins, sei es eine Köstlichkeit aus purem Blinken, sei es das Vermehren des Erkennens im erwählten Götterstil. Treu zur Treue halten gegenüber dem, was uns die Stunde reinen Glücks gegeben, heisst, der Unbill rauher Zeiten trotzen und, von Willenskraft gesättigt, trotzdem weitergehn, der Aura eines grossen Lichts entgegen, dem wir alles danken, was wir sind und treiben. Wehmut soll uns nicht beschleichen, wenn wir manches hinter uns verlassen, was uns hindernd anhing in der Tage Bodenständigkeit und Tücken; mehr als weise ist es, in den Lebenswerten immer nur des Seins Vorübergang zu sehn, uns weiterführend zu noch höherem Gestalten dessen, was wir schon errungen haben.

Alle wollen frei sein und verstricken sich zugleich in immer feiner ausgespannten Netzen des Verführens, die das Wesentliche unserm Blick entziehn. Nur im Stille-Halten hört das Zappeln auf, und im herzinnigen Gewahren finden wir die Stelle der Befreiung aus der selbstgeschaffnen Qual. Wir brauchen uns an nichts zu halten, wenn wir leisen Sinnens in uns gehn, um das zu finden, was sich jeder Findigkeit entzieht. Wer es fassen kann, fasst sich in eins zusammen mit der Gegenwart der überragenden Gebieter und gestaltet so sein Los zu neuem Aufschwung in die Sphären wunderbarer Seinsgelassenheit im Guten. Wahrhaft schön ist nur, was auch hinüberführt in Räume des Entzückens und des Wohlverstands in jeder Weise des Bedenkens unsrer Schicksalszüge. Zug um Zug geleitet uns das Sein ins Gleiten, einer Wunderwelt entgegen, deren Klang sich wie symphonisches Gepränge ins Gehör ergiesst und mit der Wohlgestimmtheit himmlischer Gesänge das Gemüt umrundet und erhebt in Weiten überirdischer Glückseligkeit und wonnevoller Ruh.

5.21

Bin Ich Mir bewusst, das Ewige zu sein, hebt sich der Schleier über allen Rätseln Meines Daseins in der Sinnenfälligkeit und jegliche Verblendung ist von Meinem Lichte überblendet, das der Wahrheit Züge offenlegt im wahrhaftigen Selbstgenügen. Ohne Ausgang Einkehr halten bei Mir selber, ist des Selbsterkennens Eigentümlichkeit und gewährt dem Schauen des Beglückens fabelhaften Stil. Nichts von Nöten, kein Ertöten, wonnigliches Begreifen löst die Flügel der Begeisterung und stösst Ahnung über Ahnung weit von sich in der Klarsicht, die sich in sich selbst erlebt, als Ereignis absoluter Wissenschaft im Reinen.

Bin Ich Das, so stillen sich die rasenden Gedanken in der Stille Meines Mich-Begründens, als das ein und alles über jeder Weltenlage Brausen. Hort und Ort der himmlischen Genügsamkeit Bin Ich dem einen wie dem andern in der unverbrüchlichen Gemeinschaft, die Ich doch mit allem pflege, was aus Mir hervorgeht als Mein Ziel. Stetes Wollen ist in Meinen Sinn geschrieben, denn Mein Können duldet keinen Aufschub in der Pracht des Mich-Entfaltens; stetes In-Mir-selbst-Beruhn ist Mein Bestreben allsohald, wie Meine Kräfte sich ins All erhoben haben. Meine eigne Grösse macht Mich schwer, so dass Ich in der Leichte Meines Mich-Zerstiebens möchte tanzen. Mein Mich-selbstZersplittern ins Facettenhafte ruft die Einheit und die Einfalt in den Dom des Sehnens, der sich über alle Weiten spannt der Unergründlichkeit, in der Ich wohne.

Einfalt aber liegt im Händefalten und im Innehalten und im Staunen namenloser Andacht vor dem Sein, das jeden grandiosen Horizont durchzieht und in ihm aufersteht und farbenprächtigen Verspielens auch entschwindet, um des ewigen Bleibens Fülle auszukosten in der Trinität des Wollens, Sinnens, Fühlens, wie im abergründigen In-sich-Seligsein, dem alles sich zur Seite legt im ewigen Umfangen.

Buch der Weisheit

6.1

Was rat Ich dir, wenn nicht dich wunderbar empor-
zuschwingen, Meiner Zugkraft in dir wesenhaft
gewahr. Du stolpertest und fielst in viele Nöte, weil
du Meiner nicht gedenken konntest in der Vielfalt
deiner streunenden Gedanken. Nun bedeutet dir das
Eine das Vereinen mit dem höchsten Willen zur
bedeutungsvollen Tat in seinsbegründender Manier.
Nur diese Weise des Agierens zeitigt Evolutionen-
früchte in der Ära menschlichen Bestrebens.
Sei vor allem auf der Hut vor Wankelmütigkeit und
Zaudern, wenn dich Meines Rufs Impulse treffen;
bade deiner Augen Strahl im Buch der Weisheit, das,
von Mir geschrieben, deinem Herzen vorsteht als ein
Bild der Unbestechlichkeit und Harmonie. Nur zu
gut sind Mir die Gründe deiner Schläfrigkeit be-
kannt, die dich in vieler Weise noch im Kreise um
dich selber führen. Öffnest du die Augen, öffnen sich
dir schnurgerade Wege in Mein innerweltliches Bedeuten, dessen Zeuge du, des Jubelns voll, dann sein
wirst, in wahrhaftigem Staunen. Das Mäanderhafte
deines Schreitens löst sich mählich in ein selbstbe-
wusstes Streben gradewegs ins Ziel. Jeder Hemmnis
wirst du würdevoll entsagen, jede Hinderung und
Minderung in dir mit Wucht bekämpfen in der
Aufeinanderfolge deiner Erden-tage. Mass für Mass
wirst du im Langen nach dem Ebenmass erringen;
Zug um Zug vereint dein Wollen sich mit Mir, das
Werk der Wahrheit zu vollbringen. Meines Lichts
gewahr, wirst du die trügerischen Schatten überwin-
den, die verhüllten, was im Auf-bruch schon im
Felde steht. Treu und traulich wirst du Mein Erwarten in das deine giessen, bis das Seinsverschmelzen
als die Wirklichkeit gelingt und die Beseligung der
Freude auslöst in gewaltigem Durchfluten. Wissend,
segnend und erhaben wirst du dann einhergehn als
Getaufter Meiner Unvergänglichkeit und als
Gesandter Meiner seinserfüllten Gnaden.

6.2

In Stimmung bringt sich, ringt sich Mein Bewusst-
Sein rechtens mitten in der Gegenständlichkeit der
Not. Was Ich schaue, wo Ich abgrundtief vertraue,
find Ich Meiner eignen Tröstung wunderwirkendes
Idol. Wie barfuss über Scherben darf Ich unbe-
schadet fürbass gehn im Anblick jener kosmologischen Gebärde, die Ich Bin, verhangen zwar,
doch nimmermehr vergangen. Es stimmt die
Seinsgesetzlichkeit in Meinem Meine-Eigenart-
Begründen unfehlbar, dass jegliches Behindern
neuen Aufschwung schafft und aus den Wallungen
des Unwerts neue Werte sich ergeben, Meinen
Fabelhaftigkeiten zu. Bedingt durch Dinge losen
Divergierens findet sich in Mir das Mass im absoluten Equilibrium der Kräfte Meiner Seinsmagie. Ich
taufe alles mit Gerechtigkeit und Frieden und ver-
leihe Meinem Sinn-kreis das Gewisse, das Gespannt-
heit in die Heiterkeit des Ewigen erlöst und Lieblich-
keiten sät ins Aufgewühlte widersprüchlicher Gezeiten.
Glanz und Gläubigkeit sind Meines Wesens Attribute, die Ich, überschwebend, unverbrüchlich in Mir
trage, fernen Horizonten hoffnungsvoll entgegen.

6.3

Lammfromm ins Bewusstsein strahlender Beschaulichkeit gestiegen, Bin Ich für Zeichen und für Zeiten
auch in dir, Glückseligkeit zu feiern. Die Landschaft
Meines Mich-Gewahrens ist vom Licht der Traulichkeit beschienen und beschert Mir Hoffnung von der
feinen Art, die innig mit der Wesenheit des Dankge-
fühls einhergeht in der Tage Inszenieren. Mir ist als
sei in Meiner Pilgerschaft ein neuer Berg erstiegen,
von dessen Zinne man viel weitre Weiten übergleitet
mit des Auges hingesandtem Strahl. Dem Ruf des
Augenblicks gehorchend, sind sich die Geschwister
der Bewusstheit ganz im Klaren, dass das Wesen-

hafte, das Ich Bin, in nie erlahmendem Elan sich
selbst erprobt, das volle Grossgefühl ins rechte Licht
zu setzen von dezenter Glorie und elfenleichtem
Durch-die-Sphären-Gleiten.

So erreich Ich immer, was Ich will und streich den
Sinn heraus, der über alles Unbesonnene sich leichten Flugs erhebt, die Schönheit zu bezeugen; so
tracht Ich nach Vollenden und vollkommner Zier-
lichkeit im Werden der Gedankenbilderbücherei in
Mir.

6.4

Hochbewusstheit ist Mir dann gegeben, wenn die
Lebensdinge sich zu einem Ganzen runden von
unübertroffner Majestät. Im Kleinsten gross und in
der Grösse überaus gediegen Bin Ich Mir des eignen
Strahlens Stern und sende Lauterkeit in Meiner
Gründe wohlbegründetes Revier. Dezent, genügsam
und gedankenträchtig werf Ich Meinen Willen auf
das Eine, das Ich augenblicklich tu' und ergötze Mich
am vielen, das sich hinter Mir versammelt als ein
festgefahrnes Götzenheer. Immer ist es klug, dem
Blitzenden sich aufzuschliessen und ihm lächelnde
Gewogenheit zu attestieren. Mir scheint, die Welten
leben von Impulsen, die allweit im Zeitenlosen hin
und wider gehn, die Szenen zu befeuern. Ja, es
senden sich Bedeutende Bedeutung zu in wohlgesetzten Bündeln von bewusstem Wirken so und so
im allgemeinen Wirkgefüge. Anstoss und Gelassenheit ist ihr Befinden, Ungezähmtheit in der
Sanftmut des Geduldens ihres Seinsverhaltens Stil.
Aus dem Wachen strömt Erwachen ins Gefüge
deiner Wesensharmonie, wenn du im rechten Dich-
Besinnen deiner Würde dich entsinnst und vor dir
selber, seinsbewusst, die Dingwelt überbietest.

6.5

Transformation in Grade höheren Seins ist jede
Wendung in des Schicksals Wendeltreppengang zum
Licht empor, den wir bestreiten. Das Erkennen unsrer Geistigkeitsteht uns bevor und wird das Weltbild,
das die Menschheit von sich im Bewusstsein trägt,
aufs grandioseste verändern. Nicht das Leibliche
geht dann noch vor; wenn das Gedankenträchtige
und von Gefühl Erfüllte jeden Wesens seine Dominanz in sich erfährt und sich ans Sein gekoppelt sieht
in wundervoller Weise des Vereinens.

Wie beseligt bist du dann, geheimnisvolle Seele,
wenn das Wissen dich durchströmt vom Einssein mit
dem All in jeder Phase seines Werdens, jedem Zug,
den es in Kreisen um sich legt und jeder Stimulanz,
die es sich angedeihen lässt, um nur Vollendung
nach Vollendung zu erzielen.

Wer weiss, wann solcher Sage schwergewichtiger
Inhalt allen so geläufig ist, dass sie sich in natür-
lichem Elan entsprechend auch verhalten und in
jeglicher Erscheinung Gottes hehres Antlitz sehn;
wieviel an Achtung, Achtsamkeit und Herzensgüte
lebte, webte und verströmt sich dann vom Ich zum
Du, vom Du zum Ich im seinsgeschwisterlichen
Aneinanderfügen.

6.6

O glaube Mir, dass sich im leidgeprüften Herzen eine
Wandelung vollzieht, ein Sich-dem-Schicksal-voll-
ends-in-die-Hände-Geben, das Ich Mir Bin in dir.
Gewalten treffen sich in deiner Gründlichkeit und
wogen kämpfend auf und nieder, und du bist mitten
drin, den Aufruhr kämpfend mitzutragen. Bedenke
dennoch, dass Ich immerdar dir wohl will im
gewissenhaften Streben, nur Vollendetes Mir aus
dem Zug der Zeiten wieder zuzuführen, dass es rein
in reiner Wonne Meiner Andacht Hüter sei und

Seinsgeselle, wohlverwahrt im Lichtreich wundervoller Sphären.

Du in Mir und Ich in dir zu jeder Stunde deines Dich-Begreifens als ein Wesen, das in Duldsamkeit, in Ängsten, in Begeisterung wie in Entzücken west im Einklang mit dem scinsnatürlichen Gcwoc. Tropfenweis und doch voll Gütc gleich Ich dich Mir an im Bild der Zähmung ungezählter Widerwärtigkeiten und bestrebt, dich im Bewusstsein Stuf um Stufe zu Mir selbst emporzuheben. Nimm nur dieses Eine von Mir an und du errettest dich aus tausend Nöten des Bedauerns und der Illusion, dich selbst zu sein im zeitbewegten Taumel, dem die Unerwachten sich ergeben.

Leiste Mir den Eid, dass jede deiner Tücken dir ein Vorbild sei, noch weitere zu vermeiden und gestehe, dass du nicht dich selber reissen kannst aus deinen Sümpfen. Nur in dem, was Ich dir Bin liegt die verheissungsvolle Gabe des Gerechtseins vor dem Ewigen, das dich wie nichts betrifft und das dich als das Heilige und Heilende umfängt wie Mutterarme ein blessiertes Kind in Wärme und Besorgtheit liebevoll umhegen.

Im Ernste mache dir nichts vor, was deiner Seele Spiegel trüben könnte, denn in ihm wirst du des Seins gewahr, wenn er in Reinheit dir erblüht und dein Befinden wie den reinen Sonnenstrahl ins Eine hebt glückseligen Gewinnens. Geläuterte stehn gleich dem Morgenstern am Himmel unisoner Heiterkeit und fassen alle Menschensehnsucht in ihr Leuchten, um sie wie geklärt, dem Einzelnen zurück ins Herz zu senden.

Wonne Bin Ich und begeisternde Gewähr des Absoluten, das mit keinem Gran ins Wanken je gerät und das in unerschütterlicher Stärke jeden Wesens niedliches Trabantentum im königlichen Griff behält, die Harmonie des Reiches zu erhalten. Auferstehn will Ich in seiner Gläubigkeit und Güte

Meinem Sinngehalt entgegen, der es still umflutet,
stillend seiner Wehmut Wogenmeer.

6.7

Wie ein hundertfältiges Gemurmel hör Ich Meines
eignen Klagens Wehlaut sich in Mir verbreiten. Als
ein Seher sammle Ich, was sich in Meiner Akribie
ereignet, mit Bedacht in einem Meer von Herzens-
stille und befriede es, indem Ich sein geduldiges
Dulden lobe und der Tugendhaftigkeit ein Kränz-
chen winde, die es an den Tag gelegt. Erschütterndes
wird so zum Seinserkennen und Erlittenes zur
Patina, die sich auf alles Heldenhafte legt in des
Äons Vorübergleiten.

Das Gutsein lohnt sich, weil es dich befreit vom
Sticheln eines angekränkelten Gewissens und dich
auf den Weg des freudevollen Vorwärtsschreitens
führt, dem wahren Seinsgehalt entgegen. Bis zum
äussersten muss Ich dich treiben, bis du einsiehst,
welche Kräfte in dir stecken des allwirkungsvollen
Bittens um die Wende in des Schicksals einmal doch
erfüllter Siebenzahl. Klärung bring Ich aus den Hintergründen Meines Dich-Begleitens und erweise dir
die Referenz, die man Beständigen erweist in ihrem
Sputen. Der Sorge folgt die Seligkeit, wenn du sie in
der rechten Weise transformierst, der Allverständig-
keit entgegen; nie so dick wird dir ein Übel aufge-
tragen, als dass die Kräfte des Befreiens es durchstossen können, die dir immerzu zur Seite stehn. Die
Meinen sind es, die dich mild und wild durchpulsen
in der Dringlichkeit der Zeit, die Dinge Meiner
Wachheit zuzuführen. Adel meine Ich und über-
schauendes Begreifen einer grandiosen Gangart, die
Ich vor Mir selber eingeschlagen in der Wiederkunft
der Lebenswogen, wie im Ein-für-allemal-zum-
Rechten-Sehn.

Traust du dir, so traust du Mir dies alles zu und
widerspiegelst, was Ich Bin in Sausen, Brausen und

Genügsamkeit, in Fülle und beseligendem Meine-Kräfte-mit-dem-AllVereinen.

6.8

Wind und Weh wird doch so manchem, wenn die Lebensdinge nicht mehr ganz zu seinen Gunsten stehn. Das will bedeuten, dass das Oberflächliche entlarvt wird und sich Abgrundstiefen öffnen vor dem schauenden Gemüt. Die Werte sinnlichen Geha-bens gehn verloren Zug um Zug und lassen den, der nur auf ihnen seinen Halt erbaut, ins Bodenlose stürzen. Wie anders darf sich rechtens eine Seele fühlen, deren Selbstverständnis in sich selber ruht, derweil sie sich als Sein erkennt in Unvergänglichkeit und ohne das geringste Zagen. Ihre Sorge ums Alltägliche erlöst sich dann in einem unerschütterlich erblühenden Vertrauen auf die Sinnkraft jeglichen Geschehns. Ihr wachsen Flügel der Begeisterung im Anschaun der amtierenden Gerechtigkeit im Wahren. Vor dem Sein verliert der Eigennutz sein tückisches Gehabe; keines Vorteils Macht kann im Gewissen der Alleinheit mehr bestehn und redlich ist, was Redliche getrost um ihres Daseins Würde ranken. Ihnen scheint das weltenmännische Getue wie ein Mummenschanz, der sich ins Lächerliche steigert mehr und mehr, wenn er zu Jahren kommt in wilder Akribie.
Nun denn, Ich halt es mit den Treuen, die ihres Wegs Bedeutsamkeit in Mir gefunden haben. Nicht Glamour, sondern Glanz des Ewigen enthüllt sich ihrem Schauen, das sich in den Weiten Meiner Seinslust findet, seligen Besingens der Allgüte der Natur. Von stiller Meisterschaft gekrönt, erfüllen viele aufs bestimmteste den Anruf Meiner Aspirationen, die allerwägsten Kämpfe stehn sie durch in wesenhafter Ruh.
Ihr Trachten schmiegt sich an Mein allvereinendes Gebet um Sternenbruderschaft in allen Reichen der

Vernunft und des vernünftigen Handelns. Ihr Lied besingt den Sinngehalt, den sie allein in Meinem Mich-Erfinden in den Dingen sehn und den sie von Mir in sich selber spüren. Genau in diesem darf sich dann die Seligkeit des Seins erfüllen, die von Mir ausgeht und in jeder Weise weisen Sich-Besinnens wieder zu Mir heimkehrt in des Seiens lichtem Spiel.

6.9

Das Sinnliche schaut sich mit Sinnen an und sucht damit, sich selber zu erklären. Durchschaut man diese Absicht, sieht man, dass sie scheitern muss am eignen Ungenügen, so etwa, wie man scheitern muss bei dem Versuch, sich an den eignen Haaren aus dem Sumpf zu ziehn. Das Über-Sinnliche allein kann sich das Sinnenhafte recht besehn. Es hat Distanz zu allen Dingen der Vergänglichkeit, beschaut ihr Kommen und Vergehn und weiss sich selbst im unsichtbaren Sein aufs trefflichste geborgen.

Wie komm ich dorthin, mag sich mancher fragen. Ganz einfach, sag Ich dir: Indem du dorthin gehst; indem du dich nicht länger fesselst an die Dinge im Bestreben, alles zu besitzen, was du nur erreichen kannst mit unerhörten Mühn; indem du dein Bewusstsein weitest, weg vom Meinen, dass dein Körper deine einzige Heimat sei, dein ein und alles in der Selbstgefälltigkeit, die sich das Unerwachte auferlegt. So wirst du wie vom Kindsein in die Reife wachsen, wirst forschend, kämpfend, leidend deiner Seele Lauterkeit erringen und darauf die Gründe deines Soseins bauen. Es blitzt dir auf «zu sein>', und in der unerschütterlichen Stärke deiner selbst wirst du zum Meister über alles Zeitliche dich herzensfroh erheben.

Einfach ist der Weg ins Sein dir zu beschreiben, mühvoll und geduldig ist er dann zu gehn, indem du dich befreist von allen Kapriolen, die im Wünschen ihren Anfang nehmen und in praller Unersättlichkeit ihr deplorables Ende finden. Lohnt es sich, zu sein? Gewiss. Denn an sich selber leiden will doch niemand, und allein in Mir kann eines Wesens Selbstgefühl glückselig sein in makellosem Sich-im-Sein-Befinden.

Komm und sieh und staune im erleuchteten Gewissen über das Erhabene, das dich durchzieht und dessen Treue dich auf deinem Weg begleitet durch die wunderbar gewordne Zeit, wie durch erstrahlende Unendlichkeiten.

6.10

Wem gehört dein leiblich Teil, das soviel Funktionen in sich trägt, die nicht aus deinem Willen sich ergeben, sondern aus dem Willen der Natur. Was bist du überhaupt, wenn nicht das Seinsnatürliche, das sich in dir zur Wesenhaftigkeit gestaltet und sich vollkommen an dein Sein vergibt, so dass du Es bist in begründeter Manier. Erkennst du dies, so wirst du auch erkennen, dass die Dinge all im Sein zusammenhängen und du wirst Geschwisterschaft in allem finden, was sich lebend um dich breitet, oder sich getreu und unbewegt zu deinen Füssen legt. Besitz ist demnach eine von den Illusionen, die dir so und soviel immer noch zu schaffen machen. Alles ist Geschenk der Götter und das Göttliche sind wir. Also ist doch allen alles in den tiefsten Tiefen zugetan und muss so allen auch gehören.

Der Eigennutz zerstört die Bande wahrer Gottesfreundschaft, die die Menschen pflegen sollten. Sie allein ist wahr und wirklich, und die Würde eines jeden liegt im Teilen und Verstehn. Gross ist einer nicht im kleinlichen Kalkül, sondern in der Weise wie er sein Bewusstsein in das Überweltliche verströmt und seine eignen Gründe sieht in abertiefen Hintergründen, die sich seinem Schauen öffnen, wenn er in beharrlichem Gedulden sich in sie vertieft. Das Ich Bin, das in ihm west darf er erkunden und des Seins gewahr sein mehr und mehr. Quellen reinster Heiterkeit und Seinsgelassenheit verströmen sich in sein Gewissen und bereiten ihm ein Fest: Das Fest des Lebens, das ihm wird zu einem wundervollen Spiel. Der Blick aufs Ganze kann ihn mit der Zeit versöhnen und in Trautheit mit dem Sein versetzen, hell und klar. Wie erlöst versteht er sich dann als das Weise, Wissende an sich und kann sich wahrhaft weise auch gebärden. Seiner eignen Tugend inne, sorgt er für das allgemeine Wohl und findet darin seines Seiens unerschöpfliches Beglücken, Mal für Mal.

6.11

Unendlichen Fleisses fördert die Natur die Errungenschaften ihrer Geschicklichkeit und traut sich die gewagtesten Dinge zu, um sich zu höherem Selbstwert zu erheben. Auch im Menschlichen strebt sie nach mehr und mehr in jeder Weise des Sich-Oberbietens in der Lebensstrategie. Fährnis hat sie zu bemeistern in globalen Dimensionen, dieser Zeit gemäss, und bemeistern heisst wohl heute gänzlich: Siegen oder untergehn. Sags nun Ich, soll dieses Wortpaar wie ein Sturmwind um die Menschenohren brausen; prägt es sich in eines Herzens blut- und gluterfüllte Kammern, muss es wirken wie ein Peitschenschlag und Ansporn sein zu grandiosen Gottestaten. Denn Ich Bin in jedes Wesens Zelle unverletzlich das behütende und zum Vollenden führende Agens der Güte und des wahren Selbstverstehns. Auf Meinen Wegen kann nicht das geringste Trittchen in die Irre gleiten. Als gross erweist sich jede Geste, die Mir liebvoll zugetan, als heilend jedes selbstlos angeschlagne Harmonienspiel. Ich bring es auf den Punkt: Aus jedem Streben muss sich das Ich Bin enthüllen, das geheimnisvoll dahinter steht und das in seinsvollendeter Manier den Evolutionenlauf bestimmt und Naht um Naht zum Kleide fügt der

Herrlichkeit im Siegen.

Untergang ist eine Farce, die sich das verblendete Bewusstsein auferlegt, indem es sich dem wahren Licht entwendet und sich nur im eignen Scheine glänzen sieht. Aufstieg heisst: Bewusstheit in den Sphären des Allherrlichen erlangen; tragen: Wie die Säulen von Korinth im Sturmwind der Äonen stehn. Mein Metier ist: Nie unterliegen, Meine Zukunft: Reine Festlichkeit im Zug der Kränze, die Ich auf Mein glorioses Haupt gelegt. Zieh Bilanz und merk dir Meines Sicherseins Parolen; weiche keine Handbreit von dem Ziellauf ab, der Meine Heimstatt meint und Mein Dich-mit-der-Gnade-derAllherrlichkeit-Umfangen, lichtvoll, seinserfüllt und wahr.

Wenn sich die Himmel öffnen über dir, herrscht eitel Freude im Gemüt der aufeinanderfolgenden Nuancen. Wenn alles sich zum Besten wendet in des Lebens Frühlingsfahrt, darfst du dich leichthin wie ein Fläumchen im Gewissen in den Ätherglanz erheben. Tag des Friedens, Tag der Freundlichkeit wirst du dann diesen schon im Morgendämmer heissen, der wie die lautre Quelle dein Bewusstsein mit Erbaulichkeiten nährt und dir die Gnade schenkt, dich als ein Königskind im Fluss der Zeit zu baden. Das Glänzende und Glitzernde springt dir aus tausend Spiegelungen in die Augen und begeistert deines Herzens hoffende Empfänglichkeit im Handumdrehn. Bewusster-weis besinnst du dich auf alles Treffliche und Schöne, das das Leben bietet und erklärst dich selber zum Geheilten von gar mancher wunderlichen Qual. Das Herbe, Derbe ist verschwunden und die Zärtlichkeit des Frühlingsblümchenkolorits begegnet dir im staunenden Beschauen. Alles wärmt sich schon am ersten warmen Sonnenstrahl und gleitet mit ihm ins Entzücken an der Zeit, die allem Glanz verleiht und Würde im zerfliessenden Verklären. Immer, immer scheint das Lichte so zu bleiben; immer, wenn es sich verinnerlicht, beliebt das Schöne seiner eignen Treue treu zu sein und neue Schöne zu entfalten. Wacht das Auge der Vernunft und die Gediegenheit des Shenens über jede Regung des empfänglichen Gemüts, wird es beständig auch den Wohllaut des Natürlichen vernehmen, das in allem west und wirkt und so das Wirkliche in Sanftmut und Bescheiden offenbart. Was aus dem Sein ins Licht der Welt geboren, trägt die Züge des Vollendeten in seinen Falten und erblüht zur vollen Reife in der Freudentage lichtem Auferstehn. Aus allem leuchtet uns das Antlitz des Erhabenen entgegen, wenn wir mit dem Herzen es besehn und es mit Herzlichkeit umfangen. Voll und weise und beglückend ist, was sich in Fülle als das Wahre präsentiert, wenn wir es schauen dürfen in bewusster Wohlgestimmtheit und begeisterndem Erfahren.

6.12

Stimmt das Mass, sind alle Dinge wie verklärt im guten Ton harmonischen Erklingens; setzen sich die Kräfte der Erbaulichkeit in Szene, siegt das Wohlgeordnete in seinsbewusster Symmetrie. Wie immer lodert Leben sich in schweren Kämpfen zur Gediegenheit empor; stets messen sich Gewaltige an Gewaltigem, um nah und näher ans Vollenden sich zu wagen. Und es gelingt, wenn sich das reine Sein stürzt ins Geschehen tausendfältigen Verspielens; es ereignen sich die wunderbarsten Dinge, wenn keine Hemmnis dem Natürlichen sich widersetzt und ihm den Lauf lässt des erhabenen Gebarens.
Dem Wandrer schmeckt die süsse Nähe eines Ziels wie Honig aus den Waben; ein lichtdurchschossner Wald erfreut das Herz im Nu, wenn es sich unbeschwert dem Schmelz eröffnen kann, der in geheimnisvollem Schweben seine Räume füllt, wie Weihrauchduft die Kathedralen. O selig, wer in sol-

cher Tugend sich durch's Land bewegt; o benedeit, wer gottesfürchtigen Staunens sich in Andacht und Bewegtheit vor den Schaffenden verneigt, die solches inszenieren.

Was wahrhaft ist, weiss sich wahrhaftig auch in seinsbewusster Wachsamkeit zu etablieren. Es trägt in Selbstverständlichkeit die sanften Züge wahrer Meisterschaft ins Gründen neuharmonischer Gebilde und bereitet allem das so viel ersehnte Wohl. Das Zeitliche dem Ewigen zu vermählen ist das Ziel der auferweckten Geister für und für, und aus dem Fallstrick des Versuchers flechten sie den Korb der Seinsgeborgenheit im Grünen.

Gewaltig ist die Resonanz, die aus dem Bitten sich erhebt um leuchtendes Bestätigen der Unschuld, die im Herzen liegt der seinsbedingten Wesen; so sehr erbauend und erheiternd ist, was aus dem Grandiosen in die zaunbewehrte Kleinheit fliesst, aus der wir auszubrechen uns befleissen. Im Sorgetragen und Gedulden liegt die Würze unsres Seins, wie auch im unnachgiebigen Zum-Höchsten-Streben.

6.13

Wie reimt sich das, dass wir in so und so viel Angelegenheiten keinen Ratschluss finden über unser Tun und wie von Winden hin und her gestossen, des Entscheidens Kraft nicht finden. Tücken sind das unserer Beschränktheit auf uns selbst, die weder Anstoss noch Bewirken einer Tat genügend überschauen kann, als dass wir Klarheit finden könnten fürs besonnene Entschliessen. Hingegen ist es über allem recht getan, wenn wir mit Urgedankenkraft ein Höheres zu Hilfe rufen, das jede Regung des Gewissens aller in sich fasst und kombiniert und so ein Ganzes bilden kann gerechten Urteils über das Geschehn. Dies Höhere von höchster Sinnkraft mag nur dann uns leiten, wenn wir lauschend und vertrauend in ihm stehn. Entscheidung ist dann leicht zu fällen, weil Entscheidendes mit uns geschah, bewusstseinsmässig in beglückender Manier.

Es ist das Ich der Welten, das wir wunderwirkend in uns tragen und dem wir unsre Froschvernünftigkeit zu Füssen legen können. Unvernünftiges wird dann von Ihm wie reingebadet, dass wir es schlussendlich wie mit Sperberaugen durch und durch beschauen können. Was dabei herauskommt ist das Mass, das wir in allem finden müssen und das uns zwischen Skylla und Charybdis heil dem Ziel entgegenführt in aberweite Fernen. Von eminenter Wichtigkeit ist es, das Welten-Ich zu finden, denn es bringt Befrieden, Wahrheit und Gediegenheit in aller Menschen handelssüchtiges Gehaben. Lauen ist dies nicht vergönnt, denn nur das Feuer der Begeisterung kann einem Wesen soviel Verve verleihen, dass es jahrlang sucht, verliert und wieder sucht, bis ihm die Spur gewiss wird, der es folgen muss zu seinen Hintergründen. Den Verstand zur Ruhe setzen, ehrlich mit sich selber sein, alles Negative von sich weisen ist vonnöten in der Prozedur der Reinigung und des bewussten Vorwärtsstrebens.

Was Ich dann plötzlich in ihm Bin ist schwerlich zu beschreiben und äussert sich in einem wunderbaren Freudgefühl, das alles Leben mit sich selbst versöhnt in seelenseligern Erfahren.

6.14

Was ist das Beste, das du von dir sagen kannt: "Ich Bin", und was noch besser ist: "Ich Bin das Seiende" in Hochgefühlen des Erhaben- und Befreitseins von den Lebensnöten. Kannst du das dazu erkennen, ungebrochen durch den Tag, ist alles wie verwandelt um dich hei; denn alles, was du siehst und was du hinter dem Agierenden gewahrst, ist dir "das Seiende" geworden und "das Eine", das sich selber in den Dingen offenbart und hütet und bewegt und meistert und verliert und tröstet und befreit und liebt und feiert und belächelt und verhöhnt und immerfort zur Selbst-Erkenntnis auserwählt.

Das Ich Bin spricht dich im Tiefsten an und gibt dem Leben Reiz und Würde, Würze und Wahrhaftigkeit, immense Klugheit und Gekonntheit auf bewusst gewordner Bahn. Wo Es aufbricht in den Menschenherzen, bricht ein Morgendämmer an des wahren Weltverstehns und des Erkennens der Geschwisterschaft der Weltenwesen. Nimmer legst du dann die Hand an eins von ihnen, es sei denn, dass du sie als Heilender und Tröstender ihm auferlegst zum Nutzen der Gemeinde. Nimmer tötest du aus der Begierde zu geniessen und gewährst dir selber nur, was dich erhebt. Du fühlst dich niemand überlegen, weil sie alle sind und dich sind in den tiefsten Falten ihrer seienden Gebärde.

Siegreich und gelassen stehst du fortan vor dir selber da als Absoluter und Monarch des Reiches deines Seinserkennens in gekonnter Strategie. In diese Höhen kann dir niemand, als du selbst hineinregieren und jegliches Gefährden liegt weit unter dir. Nicht Stolz: Bescheiden und Behüten sind die Attribute deines wollenden Gefühls und unfassbare Seligkeit dein Seinsbefinden im Mysterium der funkelnden Allweiten.

6.15

Erwache, sag Ich dir, aus deinem Schlummer der Gerechten oder Ungerechten, wie mans nimmt im tüchtigen Betrachten der durchtriebnen Weltenlage, die soviel Verschlossenheit und Unverständigkeit und dumpfes Durch-die-Tage-Taumeln offenbart.

Gewalt bricht die Gesetze des Erwartens, Fahrenlassen spottet ihrer ebenso und nur das Hegende und sanft Erspriessende entspricht dem Frühlingszauberhaften, das Ich in die Dinge lege Meiner Allvernunft im Blauen. Manifest des Guten Bin Ich ebenso, wie der gewissenhafte Hüter der Gerechtigkeit im Seinsverleihen, das in allen Wesen gleiche Gründe generiert und gleiche Chancen, sich zur Selbstheit zu erheben.

Geisteswaffen sind geschmiedet und dem Kinde jeder Mutter in die Wiege schon gelegt, dass es sich mählich eine Meinung bilde von sich selbst und von den kosmischen Gegegebenheiten, die als ururalte Vaterschaft im Zeugnis des Erschaffnen stehn. Die Unbill trügt, das Wesentliche ist der grandiose Schritt der Evolutionen, die enthüllend und bestätigend und weiterführend höchster Klugheit Ausfluss sind im überschauenden Gewahrsein alles Wachsens so und so. Die wahre Reife quillt nicht aus der Hast der Ungeduld und meidet das Polypenhafte, das sich des Umgebenden bemächtigt und es im bewussten Eigensein und Sinnen stört. Nur das Friedefertige und Fördernde ist Meinem Mich-Verbreiten angemessen und gewinnt schlussendlich doch das Rennen im äonenlangen Lauf der Kräfte, Mächte und Gewalten, die von Mir sich sandten aus, den Weg zurück zu finden in Mein Haus von nie zu übertreffender Gediegenheit und Grazie der Weiten.

6.16

Wind in die Segel des Erwartens blas Ich dir in deinen Träumen; Schönheit des Erwachens im Unendlichen steht dir bevor, derweil du noch in kaum verhaltnen Seufzern deiner Nächte langgedehnte Peinlichkeit durchstehst in unerschöpflichem Gedulden. Was verschafft dir dieses Her und Hin, was lässt dich eines bittern Kelchs Gebinde bis zur Neige trinken, eh das Ewige sich für immer etabliert in deines Wesens so subtil gestimmter Gründlichkeit im Fühlen? Deine Eigenheit hat dies getan in siebenfach gewundenen Mäandern des Dich-Führens durch das Lebenstal im Zuge der Äonen. Du bist befrachtet mit der Last der Menschlichkeit, die du dir auferlegt und leidest an ihr, wie der tätige Werksmann leidet an den Schwielen, die das Werken mit sich bringt im Zeitgeschehn. Nun aber fliesst und strömt und flutet das Lebendige dem Meere der Verheissung zu und wird es unfehlbar erreichen. Im glüh'nden Lichtstrahl löst sich alles Schwere auf, um leicht ins Luftige emporzuschweben. Was ins Leibliche gepresst war, dehnt sich aus in ätherlichte Weiten, was bekümmert war, erlebt das Heil des Heiterseins in unsagbarer Grazie, und in den Fernen klingt und singt ein Lied von Zärtlichkeit und schwebeleichter Poesie.

Wie wunderbar ist es, sich ins Bewusstsein einer höheren Welt geführt zu sehn, in der die Lebensrätsel all gelöst sind und die Daseinsringe sich zur Anmut und Gediegenheit vollenden. Noch im Wundern schreitest du dem Wunder des Ich Bin entgegen und entfaltest deiner Seelenflügel Breite, um es nah zu holen. Lohn der Tugend, Wirksamkeit der Schönheit webenden Gedanken wird es sein, was dich beglückt und was dich in dir selber ins Befrieden leitet im bewusst erlebten Spiel.

6.17

Samuel, o Samuel steh auf! Mit mächtiger Gebärde widerhallt's im nächtigen Schweigen und berührt mit Vehemenz und sanfter Unerbittlichkeit dein inner Ohr. Was wunders hat es dir zu sagen: Dass ein Etwas dich umwaltet und umflort und wie mit hunderttausend Augen jeden deiner Züge aufs genaueste bewacht und registriert und auch geflissentlich behütet und in sich bewahrt. Wie Wahnwitz mag dir dies erscheinen und dennoch ist es blendend, überzeugend wahr. Was bist du denn in deines Schlafs vollendetem Ergeben; was zeigt bestimmter deine Unbeholfenheit, als wenn du macht- und kraftlos daliegst, schutzlos jeder Unbill preisgegeben. Rührt es dich nicht seltsam an, dass so ein schlafendes Gebild sich trotzdem als lebendiges, in sich pulsierendes Sensorium erweist, dem die

Erlöstheit von des Tages vielerlei voll Anmut ins Gesicht geschrieben.

Liebevolle Helferkräfte sind es, die sein Dasein engelgleich umgeben und, dem Leben zugetan, die Pulse brausen lassen in der dargelegten Myriadenschar. So ist Mensch an Mensch ein Zellensein in einem höheren Wesen, das sich Menschheit nennen mag in wirklich personalem Sich-Empfinden. Der "Logos des Planeten" bietet sich desgleichen an und ist so sehr ein Wirkliches, dass wir darob in unsrer eitlen Aufgeplustertheit im Einzelnen vor Neid erblassen könnten. Besser ist es, recht bescheiden seinen relativen Unwert zu besehn und für die mannigfache Träger- und Gehilfenschaft zu danken, die uns immerzu Lebendigkeit beschert und unser Grillenfängertum erträgt in grossgeduldigen Zügen. So ist es. Amen, sag Ich und begütige, was sich erregt und lege Meiner milden Hand Gebärdenspiel auf deinen Scheitel, dass du mählich Mir erwachst zu bodenständigem Belehren.

Nun neige dich und finde wieder deines Schlummers Süsse, samuelisches Geschöpf, in kinderhafter Unschuld und bedeutungsvoller Ruh.

6.18

Im Werken froh, im Dulden voller Zuversicht und in der Sanftmut des Bedenkens von der Himmelszärtlichkeit erfüllt, die alles in sich hütet und in Friedefertigkeit bewahrt. Dem langgedehnten Kuss der Stille liebevoll dahingegeben, weisst du dich im Blauen der so viel ersehnten Zeitenlosigkeit, in der sich aller Dinge Sinn enthüllt und die Holdseligkeiten der Verheissung sich erfüllen.

Makellos erscheinen dir die Kräfte, die das Weltenall bewegen; frei und unbeschwert vereinst du dich mit ihnen und begründest Schönheit der Gedanken, Edelmütigkeit und Klugheit in gekonntem Stil. Das Natürliche hat dich ergriffen und lässt dich begrei-

fen, wie die Wiederkunft der Tage sich ins Sternen-
walten fügt und wie Planeten, Sonnen und Systeme
sich in wogender Grandezza wohlgeführt umkreisen.
Das Bewusstsein der Allweiten ist die Summe allen
Glückgefühls und lässt das Seelensein in namenloser
Wonne sich verschweben. Kundig der Bedeutung
wahrer Unschuld blüht das Herzgefühl der Fülle der
Unendlichkeit entgegen und vergibt sich freudenvoll
an ihrer Innigkeit Gewähr.

Wie sich die Lieblichen in Liebe liebeleicht umko-
sen, wenden sich die geisterfüllten Wesen in entzückendem Gebärdenspiel einander zu und weiten
ihres Seins Vortrefflichkeit, indem sie sich mit
Gaben des Erkennens reich und mild beschenken. So
fliesst Strahl zu Strahl und Glanz zu Glanz in
wunderbarem Sich-Vermählen, hebend, wissend,
hoch und hehr. Ins Fluidum der Heiterkeit ist alles
aufgehoben und begehrt nichts mehr, als so zu sein
in Freiheit, Frieden, Würde und berückendem Begaben.

In das Weltenbündnis eingezogen wirkt die Seele
ihres Dienens Soll in selbstverständlichem Gedulden
und bewahrt, was sie bewahren kann, im Guten.
Grossmut, Freundlichkeit und Güte zu verbreiten ist
ihr Ziel und ihre Wonne ist es, das Geschwisterliche
zum Erkennen seines Weltenseins zu führen.

6.19

Menschliches Ermessen ist auch Mein's in Krisen-
und Gedeihenszeiten. Wer entscheidet, wenn nicht
Ich in Meinen Schleiern und in Meiner unbeholfenen
Manier im menschenwesenhaften Tasten nach der
Klarheit im Befehl.

Ein Bürge bürgt mit wehem Herzen, weil er auch die
Möglichkeit ermisst, sein Gut mit einem Schlage zu
verlieren. Kann er das, in Mir? Ist nicht alles wie ein
Tauschen zwischen Seinsgeschwistern ohne
Schaden und Gewinn, weil immer Meine Hände es

berühren. Wie so einfach wird die Welt, wenn einmal das Erkennen der wahrhaftigen Einheit aller dinglichen Bezüge wirklich Schule macht und alle danach handeln. Alles ist im Du beschlossen, das Ich Bin in jeder meisterlich geformten Zelle Meiner Seinsstruktur. Jedes Wesen ist mehr als dein Bruder ein Dich-Selber unter dem Aspekt der immanenten Gottesgleichheit, wo sich Leben regt und wo Atome sich verkreisen. Also hüte dich, dir selber eine Untat nachzutragen, die im Weltlichen geschah, in Mir. Begreife, was dir frommt in Meinen Zügen und vereine dein Ermessen mit dem Meinen, dass es sich in Minne zur vollkommnen Sicherheit erlöse. Berge rauhen Unheils werden abgetragen im Bewusstsein des Alleinigen, in dem Ich Bin als Herrscher, Diener, Macher und Gemachter, Herold, Horcher und Zerfliessender in alle Gründe Meines Mich-Begründens.

Weihe dich dem Sein und du wirst wie die Strahlensonne vor dir selber auferstehn. Entscheide dich fürs Ganze und dein Leben strömt in glänzender Natürlichkeit dahin. Du findest dich dann wie im Reich der Sagen wieder, wo Wunderbares noch und noch geschieht, wo sich die Sesamstüren öffnen und die Lampen Geister vor dich zaubern, dir zu Diensten noch für jede ausgefallene Idee. Meinerseits geht nichts verloren; es gedeiht ein jeder Same und verbreitet sich zum mächtigen Gebilde, nur dass es in Meinem MichErbilden steht von A bis 0, von Müh zur Freud und von Bedrängnis zur Glückseligkeit des Seinsvollendens.

6.20

Dankbar-Sein im Ebenmass der nächtigen Behutsamkeit ist Mein Empfinden; Glätte des Gemüts inmitten einer See von Stille, Meines Wesens Stil. Wie aus dem Zeitlichen gehoben, lass Ich Meines Schauens Kräfte spielen; wie neu geboren steh Ich vor Mir selber da, dem Sinnbild Meiner selbst Kontur und Inhalt zu vergeben. Was macht, dass Ich Mich sinnend so betrachte, wenn nicht das Eine, dass Ich Bin: Geschöpf und Schaffender zugleich, Erhabener und ins Geschehn Getauchter in demselben Zug. Wie nähr Ich doch dies Wissen mit be-geisternder Manie des Wiederholens einer Kost-barkeit im Sagen; wie stärke Ich Mein Sein in jeder Weise des bewussten Auferstehns mit Freiheits-gluten und mit Wohlverstand im offensichtlichen Mich-selbst-Begreifen. Das ist wie das Sternge-wölbe wunderschön.

Abel trug das Mal der Auserwählten in der auserwählten Schar der Seinsgewaltigen und so ist's Mir bestimmt, es einer Generationenfolge von Geschlechtern wie die Fackel der Olympier voranzutragen. In den Nachtraum des Unwissens sich verstrahlend, weist es den Gerechten ihrer Zeit den Weg ins Unergründliche und lässt sie ihres Wesens Fabelhaftigkeit beschauen. Licht vom Lichte, Sein vom Seinserkennen zu erlangen ist ihr Ziel.

Fest der Sinne, Fest der Sinnenlosigkeit will Ich benennen, was sich Mir ergibt im wohlbedachten Lauschen. Auf der grünen Weide der Allherrlichkeit geh Ich spazieren und gewähre Mir das Glück, im Ewig-Guten wie im warmen Sonnenstrahlen Meiner Grazie Gediegenheit zu feiern. Allweiten liegen Mir zu Füssen, Äonen folgen Meines Wollens Strahl im steten Mich-Vergluten. Eins in allem, einig mit der Eigenheit, die Ich Mir auferlege, gleite Ich bewusterweis dahin, Mich selber in den Dingen wie ein Rätsel aufzulösen.

Hocherhoben die Standarte Meines seinsgeschichtlichen Befehlens laufe Ich, ein Läufer der Holdseligkeit, voll Wonne in Mein eigen Ziel.

6.21

Jede deiner Taten ist ein weiterwirkender Impuls, der deine eigene und die Geschichte einer Menschheit prägt im Minikrimen wie im Abergrossen. Merk dir das und lerne wissen, was du tust und lass dich von den Kleinlichkeiten eines kleinen Lebens niemals beugen. Der Freiraum, der noch jedem als Geschenk der Himmelskräfte angehört, ist aufs entschiedenste im guten und im fabelhaften Sinn zu nutzen, um der Freiheit willen eines freien Aus-der-Knechtschaft-Auferstehns. In Mussezeiten soll der Mensch nicht müssig sein und nutz- und sinnlos die Gelegenheit vergeuden, in bewusster Weise schöpfertätig an sich selber und an einer Welt zu sein, die soviel bieten kann an faszinierendem Entfalten. Täglich, stündlich lass die Dinge und Gedanken los, die dich ans Kleinkarierte binden und erwache mählich in der Welt des Grandiosen, die dich sicht- und unsichtbar umflutet und dir Zeichen ist des Seinserhabenen, das jede Motivation durchzieht und zu sich selber leiten will in wunderwirkendem Gehaben. Wach geworden, wirst du dich als Herold der Holdseligkeit in Würde und Entzücken vor dir walten sehn und dich ins grosse Lied des Lebens als ein Jubelndes und Frei-Gewordnes fügen. Du bestimmst, in wessen Dienste deine Kräfte fliessen; du bist die Sonne dir am Horizont des Morgendämmers, die dein Dasein mit dem Licht der Weiten überflutet und umstrahlt.

Unermessliches ergreift dich und dein Wirken, wenn du seinsbewusst und tapfer in die Räder greifst des Weitgeschehns, um seine Dominanz dem Guten und Erhabnen zuzuwenden. Keine Tat und kein Bewegen ist zu klein, um schliesslich Fabe!haftigkeit zu zeugen; kein Gedanke wahrer Menschlichkeit zu schwach, um nicht als Same überwältigenden Tuns sich zu erweisen.

So liegt in der Redlichkeit des Handelns wahrer Fortschritt auf der wunderbarerweise immanenten Götterspur im Menschen.

6.22

Wo Ich Mich finde, findet sich das All-und-Eine wohlbewahrt in höchster Konzentration; wo Meine Kräfte sich ins Spiel verspielen, herrscht ein sonderliches Gleichmass von gelassner Heiterkeit und seelenvollem Frieden. Hoch über jedem Machwerk zeug Ich lautre Schönheit in Mein Seinsgewissen und entfalte, was Ich Bin in Wunderbögen einer Bilderbuchgeschichte, die ihresgleichen sucht im Abfall von der Würde Meiner Taten.

In Mir selber aufgehoben, trachte Ich nach keinen Kränzen aalglatten Ruhms und mehre die Genügsamkeit in Mir. Nicht wilde Freiheit, sondern freies Wildern steht Mir zu, wenn Ich es ruf in Mein Gehaben; das will sagen, dass Ich Mich um nichts und niemand zu bekümmern habe in der Weise Meines Mich-Vertuns. Kompetent und klaglos leiste Ich im Schwall der kritikastren Geisterschar das Unerhörte, dem Ich Mich verschrieben und gewähre Mir kein Yota des Verlassens Meiner sagenhaften Kür. Nur von Eignem angetrieben, eigne Ich Mir weltweit alles an, was kreucht und fleucht, was knistert, knackt und säuselt, was zerplatzt und was sich still vergnügt im Gärtchen paradiesischen Erlebens.

Gehorsam Bin Ich nie gewesen, es sei denn, Meiner Unerschrockenheit im Zielen. Lächerlich sind Mir die zappelnden Versuche, über eine Welt zu herrschen, die, von Meiner Gnade nicht berührt, ins Bodenlose fällt vor ihrer schauenden Phobie.

Gerecht Bin Ich allein im Zuge Meiner Unzulänglichkeiten, die Ich weisen Spruchs entferne aus dem Sinnkreis Meiner Harmonie. Keines Trosts bedürftig, tröste Ich Mein eignes Weh im Strom der Abergläubigkeit, die Mich befallen. In somnambulem Sichersein bewege Ich Mich über alle Zinnen hin der Schlösser, die Ich Mir erbaue und beschreibe Mich als Einer, dem die Wonne des Sich-selbst-Gefallens sprudelt aus den Gründen nie gebrochner Ruh.

6.23

So wie Ich Mich betrachte, steht das Sein an erster Stelle und umschliesst mit unumstösslicher Gebärde alles Lebensträchtige und Prächtige in kosmischem Verfügen. Ungetrennt ist alles denn von Mir und Meinem Mich-ins-AllVergluten; wesenhaft steh Ich in jedem dinglichen Gepränge vor Mir selber da als Hüter der unglaublich fein und sicher ziselierten Seinsstruktur, in die Ich Mich vergebe. Um was Ich seit Äonen ringe immerzu ist, in den Dingen das Bewusstsein Meiner selbst zu wecken, dass Ich mählich Mich erkenne als das Eine Unteilbare, das da west in ihnen. Was das auf dem Menschenplan bedeutet, hat im Tiefsten mehr Bedeutung, als die allergrösste Revolution. Arm und Reich verschenkt sich seiner Fülle Gaben, um das Ganze wohlgenährt in seinsgeschwisterlicher Eintracht und Beständigkeit zu sehn. Aus für das Verblenden; wundervolle Klarheit des Erkennens herrscht in allen Landen und bedeutet Frieden, Wohlfahrt, Grazie und Treue immerzu. Gleichen Seins mit allem Sein sich unverwandt zu wissen, bringt Verklärung in die Wesen, die Ich Bin und befreit sie ein für allemal von ihren Wahnen. Ihres Sagens Stimme ist Mein Sagen, ihrer Hände segnende Gebärde Meines Segens Stil. Was Unvernunft verdarb, beleb Ich wieder mit dem Ausfluss reinen Weistums, der Mein Handeln ziert in jedem noch so kleinen Seinsverrichten; jedem Bin Ich Selbstbewusstsein, Hingegebenheit und strahlendes Behaupten. Wo Ich Mich erhebe, hebt sich göttliches Geschick ins Weltgetriebe, wo Ich wandle, tragen Füsse der Allherrlichkeit sich selbst dahin.

Meilenweit erblüht das Land von allem, was Ich zärtlich still berühre und erwecke und liebkose und beglücke, Meiner eigenen Glückseligkeit entgegen; aus den Augensternen, aus den Fluren, aus den Spuren lächelt Mir Mein eigen Antlitz Freudenfülle, Wonne und Begeistern zu.

6.24

Der Wissenschaft des Seins zufolge wend Ich Mich in Lauterkeit und Liebe allem Leben zu, es mit begeisterndem Appell zu überfluten an sein Selbstbefinden in der Tage Weh und Wohl. Lückenlos soll es in Meinen Angebinden sich bewegen und bewusst in Meiner Hoheit Diensten stehn. Endzeit und Beginn des Gottesreichempfindens nenn Ich das, wenn aller Wesen Absicht sich in einen Jubel fasst des Grossmut-Intonierens. Wie hallt es dann vom einen Ende des Planeten bis zum andern wieder von ergreifendem Lobsingen in der Tugend des Sich-brüderlich-Befeuerns zur gerechten Tat und zur Befriedung jedes noch so kleinen Unmuts in der Wechselfälligkeit des laufenden Agierens. Was Ich Mir in grossgewogener Manier erdachte, wird dann wahr in allerfeinsten Zügen des Vollendens; was Ich in den zartsten Keimen ausgelegt, erblüht zu jener Reife, die in entzückenden Nuancen jenem Bild entspricht, das Ich von ihm entwarf in Variationen Meines schöpferischen Farbenspiels. Verwischen ist nicht Meine Sache; Klarheit bis ins Letzte werf Ich auf in Meinem handelnden Mir-selbstGenügen.
Wohlfahrt der Geschlechter wie aus einem Guss von preziöser Fügsamkeit im Weltgefüge trag Ich durch die Zeiten vielgeschäftiger Ruh und lasse Freundlichkeit und Milde von Beziehung zu Beziehung fahren.
Mein Triumph kennt keine Grenzen, wenn die Weise Meiner Seinsnatürlichkeit sich endlich Bahn gebrochen, bis ins innerste Geheimnis jedes Herzbe-

wegens, wenn in schierem Miteinandergehn die Bürgen Meiner Kunst sich die Holdseligkeit verbriefen, die Mein ein und alles ist vom Anbeginn bis zur Erfüllung Meines noch um so und so viel feurigeren Wohlstands in den Sphären Meiner Seinsmagie.

Glanz im glänzenden Ich Bin erweist sich als Idol der Festlichkeit im Fügen, wie als trauliches Gelispel zärtlichen Vereinens in der Liebe liebelichtem Spiel.